[日] 木元哉多 著
史 姣 译

星期五的神隐儿

ENMADOU SARA NO SUIRI KITAN

阎魔堂沙罗的推理奇谭

台海出版社

◇千本樱文库◇

◇前言 PREFACE

文库，原本是指收纳书物的仓库和书库，也指收纳书与记事簿，以及不常用物品的小箱子。以前者为例，京滨急行线的“金泽文库站”就是以前镰仓时代北条氏用来收藏汉书用的，“金泽文库”名字的由来便是如此。东京都的世田谷区也存在着收集着珍贵汉书的“静嘉堂文库”。后者则更多地被称为“手文库”。

江户时代以来，可以放入袖袂的小开本书籍逐渐流行起来，被称为“袖珍本”。明治三十六年（1903 年），富山房发行了小开本的丛书，起名“袖珍名著文库”。随后，明治四十四年（1911 年），讲述战国时代的猿飞佐助和雾隐才藏系列故事的讲谈社“立川文库”发行出版。讲谈是日本民间艺术，以口语化的方式讲述历史故事的形式。而“立川文库”则是将讲谈收录成册集中出版的丛书，据统计，当时刊行量为 200 册左右。从那时起，文库就脱离了原本的释意，逐渐演变成了现在的类书集丛。

文库说法借鉴了日本出版业界的传统说法。而千本樱源自日本奈良县吉野山樱花盛开的奇景，世人皆称“一目千本樱”来形容樱花美景。千本樱文库的纳入作品皆为日系作品，题材包括推理、悬疑、幻想、青春、文化等类型，正如千本樱满山盛开的绝景。

现代日本，以“文库”命名刊行的丛书系列有 200 种以上，所谓“文库本”只不过是统称而已。日本传统的“文库本”常用的是 A6 尺寸的

148 mm × 105 mm，也叫“A6判”。千本樱文库的所有书籍将在“文库本”的基础上提升，达到148 mm × 210 mm的开本标准。追求还原的前提下，力图带给读者更清晰的阅读体验。

20世纪70年代以来，日系推理小说逐步进入中国读者的视野。随着时代更替，涌现出一大批不同风格的作家。日系推理能够长久不衰的原因之一在于设立的各种新人奖，这些新人奖能为日本文坛输送新鲜血液，不断地创作优秀作品。其中，以自由度著称的梅菲斯特奖独树一帜。梅菲斯特奖是讲谈社旗下的公募新人奖，其特色在于不限题材，不设字数限制，能够充分发挥作者的想象力和创作力。因此，获奖作品都具有鲜明个性。同时，如森博嗣、京极夏彦、辻村深月等人气作家也都出道于梅菲斯特奖。梅菲斯特作家系列的引进出版，会给读者带来更多的经典佳作。

木元哉多以《阎魔堂沙罗的推理奇谭》获得了第55届梅菲斯特奖，本书有别于前作的短篇集，是该系列首部长篇小说，并且首次公开了阎魔堂沙罗小姐的日常生活，让人更加了解这位时尚又特殊的“判官大人”。自新本格以来，传统作品谜题偏向离奇和不可思议的谜题，很少会有参与感，而本作可以说是另一种形式的“向读者挑战”。该系列上市之后颇受好评，一年之内出版了四部作品，如今也被改编成了电视剧。

千本樱文库编辑部

RENAISSANCE OF LIGHT NOVEL

轻的文艺复兴

轻文艺是介于轻小说与纯文学之间的分类。与轻小说一样，轻文艺较多使用配色浓烈鲜明的背景与人物形象的立绘作为封面。而在内容方面，除了汲取轻小说中“剑与魔法”“异能”“机械”等常见素材以外，更加注重构筑世界观，搭建合理的人物关系，使其充分服务于剧情发展，因此更加具有逻辑性，作品完成度更高，并非只依托于“角色力”。而与纯文学相比，其天马行空的想象力、更受年轻读者喜欢的角色，以及融入流行文化的余味，都充分诠释了“轻”的概念。作为类型文学的重要分支，“轻文艺”不仅体现着文学的功能性，更将娱乐性发挥得淋漓尽致。

说到轻文艺的起源，离不开轻小说的发展。21 世纪初，轻小说曾经涌现出大量内容丰富的杰出作品，读者群体涵盖甚广，题材百花齐放，文学性与娱乐性都非常高，当时堪称轻小说的“黄金时代”。但随着动画市场的商业化运作愈发成熟，轻小说逐渐受到形象商务与媒介联动的影响，“萌文化”与“角色力”逐渐占据主导地位，如今轻小说的受众群体范围在逐渐缩小。近年，轻文艺的涌现也正是适应了读者的需求与时代的改变。

“轻的文艺复兴”旨在再现当初轻小说“黄金时代”的繁荣，遴选当下具有代表性的轻文艺作品，其中既有口碑甚好的名作，也有个性鲜明的新作。宛如文艺复兴运动，将曾经辉煌过的流行文化，推荐给这个时代的读者们。

千本樱文库

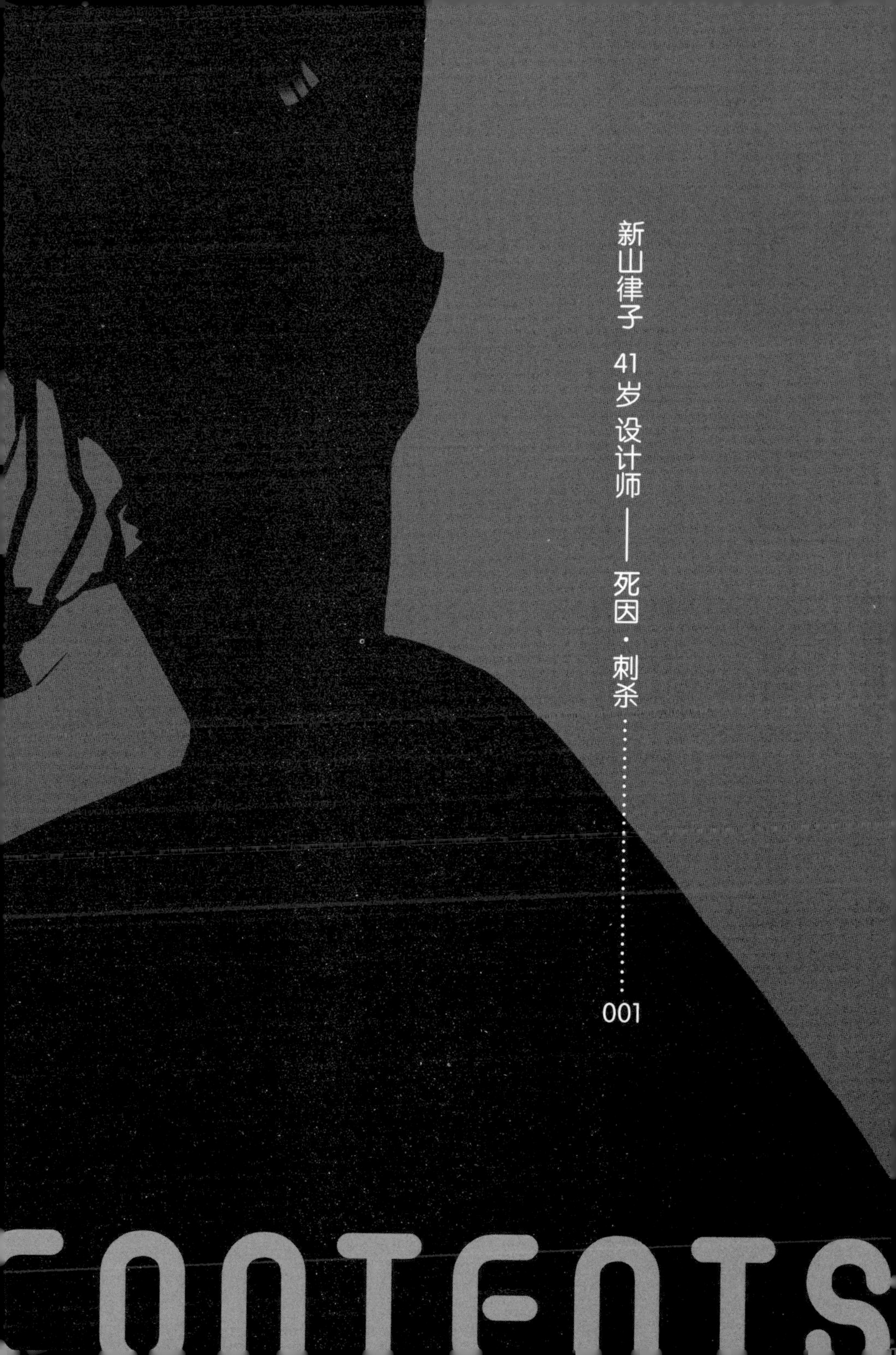

CONTENTS

新山律子　41岁

设计师

死因　刺杀

01

To a man who says"Who killed me."
she palys a game betting on life and death.

1

在闹钟响之前就醒了。

真是少见。虽然她一向浅眠，即使入睡也不到两小时就醒，但在闹钟响之前就睁开眼睛的情况很少见。

已经入秋了，早上微微泛着冷意，尽管略微有尿意，可就是不想出被窝，她再次裹紧毛毯。

现在的时节，日出时间大约是六点，从窗帘缝隙间透出的光亮推测，这会儿应该才四点左右。

闭上眼睛，想再睡一会儿。

可外面风很大，吹得窗户发出咯哒咯哒的响声。因为这个声音的关系，睡意一点点消散，明明身体很疲倦，但大脑却异常活跃。

新山律子迷迷糊糊地思考着一些事情，工作的事、独生女的事、前夫的事，以及将来的事。

大概是受到寒冷和毛毯这一感觉的刺激，她回想起了儿时的事情，那给她留下了深刻的心理阴影的可怕记忆，一有机会就会固执地复苏。

当时她只有五岁。

那一天也非常冷，律子蜷缩在毛毯里，虽然有电暖炉和被炉[1]等取

1 被炉是在冬天里使用的、日本独特的生活用品。——译者注

暖工具，但因为停电了所以无法使用。为了能暖和一点，她尝试了很多办法，最后发现最有效的办法就是将能找到的毯子都叠加起来，然后紧紧裹住自己。她饥肠辘辘，但冰箱里并没有吃的，她已经两天没吃东西了。因为还没有停水，所以有水喝，但她并不渴，就算喝再多水，也无法消除饥饿感。

她已经厌倦了用喝水来压制饥饿感，而且家里的自来水有一股奇怪的味道。

今天妈妈会回来吗？因为妈妈经常晚上也不回家，五岁的律子并没有意识到自己被抛弃了。她猜想妈妈可能是工作太忙回不来了，因为妈妈总是说“我还有工作”，但妈妈在做什么工作她并不知道。

她幻想着妈妈带着食物回到家中的场景，因为偶尔会有这样的事。最希望妈妈带回来的食物第一名是泡芙，第二名是炸鸡块，第三名是关东煮，第四名是杯面，第五名是……，第六名是……

律子在脑海中列出前二十名最想吃的食物，在嘴里咀嚼着。

咀嚼咀嚼……咀嚼咀嚼……

因为没有电，房间里一片黑暗，但她并不会感到不安。害怕黑暗是因为习惯了待在明亮的地方，而对律子而言，她更习惯于黑暗，以及寂寞、饥饿、寒冷，这些她早已习惯。

也没有对死亡的恐惧感，因为五岁的她还无法理解死亡，不过她好像知道死这一概念，世间所有的生物，青蛙、狗、乌鸦，以及人类，都会有死的一天。

她曾见过乌鸦的尸体。

乌鸦就像被冻住了一样非常僵硬，用棍子戳也没有反应，眼睛虽然睁着，但眼眸深处一片漆黑，与其说是尸体，更像是一具没有灵魂的躯壳。她好像在哪儿听过，生物死了之后会去往一个叫天堂的地方，大概是在电视上看到的吧。

在家里还有电的时候，她可以尽情地看电视。

天堂一定是个好地方，所以她并不怕去那里，即使就这样死了也无所谓。如果生命可以静静结束，可以不用忍受这种饥饿与寒冷，而是像蒲公英的种子一样四散飞舞，或像肥皂泡一样美丽地绽开然后消失不见的话，那样也不错。

只是在死之前，她想去一次幼儿园。

律子知道和自己差不多大的孩子，都会去一处叫幼儿园的地方，会有一辆橘黄色的巴士来接他们，上面画着各种各样的动物，还有看上去很和蔼的司机叔叔，和穿着围裙的可爱的姐姐。孩子们穿着统一的漂亮衣服，排着队坐上巴士，笑着向妈妈挥手再见。等孩子们都坐好之后，巴士就会缓缓出发，把他们拉往那个叫幼儿园的地方。

那里一定是个很快乐的地方，而且应有尽有，像是过山车、摩天轮、太空船、蹦床等，以及大象、狮子和海狗，说不定还有用点心做成的房子。

她曾经有一次追在巴士后面想去看看，但因为巴士速度太快，等她转过弯时已经看不到巴士的影子了。

有天她问妈妈为什么自己不能去幼儿园，结果被打了一顿，之后她便再也不问了。

妈妈打她的时候特别疼，因为是用拳头打的，所以疼痛感会持续很久。她也知道自己不能去幼儿园是因为家里没有钱，但这样说的话妈妈一定会生气，所以绝对不可以说出来，大概妈妈的自尊心什么的会受到伤害。

啊啊，真的好饿。

如果妈妈不回来的话，可能会因为肚子太饿而死掉，但她又觉得妈妈不回来也好，因为妈妈不回来的话，就不会受到打骂和怒斥，也不用听妈妈喝醉后说那些讨人厌的话。

“我当初就不该生下你！那时我还觉得奇怪，感觉最近肚子有点胀，是不是吃多了，等发现怀孕时，医生告诉我已经没法做流产了。早知道就应该找个黑市医生打掉，可我又没有钱。”

妈妈喝得烂醉后，散发着讨厌的气息。

律子在这种时候，绝对不会看妈妈的眼睛，因为一旦眼神相撞，妈妈就会大声吼着“你那个眼神什么意思”，然后动手打她。

妈妈喝的是一种叫罐装碳酸烧酒的东西，有次她趁妈妈睡着时，偷偷尝了一口，但因为实在太难喝立马就吐了出来。

“啊啊，真是带了好大一个拖油瓶，我也想过趁着还小尽早弄死，然后偷偷埋了，可这样的话我就得进监狱。不过也多亏了有小孩，才能领到生活保障金，可是就那点钱，根本什么也干不了……”

妈妈喝醉的时候，会一个劲儿地抱怨，直到陷入沉睡。

她知道妈妈恨自己，她就是个累赘，正是因为自己的出生才导致了妈妈的不幸。因此她一直觉得错的人是自己，所以要忍受寒冷和饥饿，还有不能去幼儿园，这都是没办法的事。

不知不觉间她就产生了这样的认识。

不，或许应该说是被这样洗脑了，尚且五岁的律子还无法理解妈妈说的所有东西，但因为妈妈只要喝醉就会说同样的话，所以她渐渐就记住了。直到长大后，她才逐渐理解妈妈当时说的意思。

和妈妈一起生活的日子在初一时结束，因为那一年，妈妈因杀人被关进监狱。

她自己也觉得能活到那天真的不容易，在生命受到威胁时，是儿童咨询所还有学校的老师，以及妈妈的哥哥，也就是她的舅舅在千钧一发之际救了她。但是，如果运气差一点的话，或许她早就死了。

很多人都说，律子的表情很冷淡。

她明明什么都没做，可表情看上去很不开心，好像在生气一样，又像是在蔑视别人，非常冷酷。

而她自己完全没有这个意识。

自己这副冷淡的面孔一定是在和妈妈共同生活的过程中形成的。

如今她已经四十一岁了，那已经是三十年前的事，可即便过去了这么久，记忆依旧没有被时间冲淡，而且无孔不入，一有机会就会复苏，不断地折磨律子。每当这时，她就会被打回那个还是五岁的挨饿受冻的自己。

自己已经不是五岁的小女孩，在付出了超乎常人的努力后，她终于获得了今天的成就。

自己是人生赢家，明明是赢家，可不知为何，她就是无法从心底感到高兴，总有一股空虚感包围着她，内心像开着一个洞一样，冷风不断灌入。明明是赢家，却怎么也摆脱不了失败感。

律子抓住毛毯，将自己紧紧地包裹起来。

五岁的自己是她的原点，她从那个地狱底层拼命地往上爬才有了今天。不论是学习还是工作，她比任何人都努力，而且最终获得了成功，跻身为成功人士。

可是，不知为何，她的内心仍旧无法获得满足。

设定好的闹钟声响起。

伴随着轻微头痛的抑郁的早晨，凌晨醒过一次后，几乎没怎么睡着，起来后脑袋也一直昏昏沉沉的。

起床漱口，将面包放入烤箱，启动咖啡机。打开电视，里面播放着早间资讯节目，其中有一个每日占卜环节，摩羯座的运势糟糕到了极点。

在吃早餐的时候，抑郁的心情也一直伴随着她。

洗脸化妆，换上上班穿的衣服，虽然公司不强制要求穿正装，但也不能穿得太随意。为了使心情稍微明快一点，她选择了颜色比较鲜亮的搭配。

拉开窗帘，从自己所住的公寓九层俯视街道。

已经七点半了，可美久还没有起床。

女儿美久上中学二年级，如果八点十分还不出门的话，上学就会迟到。闹钟应该设定在七点十分，但她好像没听到响声。

律子敲了敲女儿的房门。

因为没有回应，她直接打开了门，床上的毛毯隆起一座小山，女儿把自己裹在里面，就像蚕蛹一样。裹毛毯的样子简直和律子一模一样，她不禁想，为什么只有这种地方要和自己如此相像。

“美久！”

出声叫她也没有回应。

“美久，快起床，上学要迟到了。”

裹成一团的毛毯纹丝不动，可自己都这么大声了，她不可能还没有醒来。心急的律子一把揭开毛毯，美久终于露出脸来，但马上一脸不满地别开目光，紧接着拉过毛毯，再次把自己裹住，遮住了脸。

“美久，你给我适可而止！”

再次将毛毯揭开，抓住美久的肩头，想让她把脸转向这边，美久粗暴地甩开她的手，瞪向自己的母亲。

那个眼神并不是普通的叛逆期少女的眼神，而是更为强烈的，对必须排除的敌人投向的眼神。面对女儿露骨的敌意，律子有些畏缩，一瞬间甚至产生了置身战场的错觉。

那是什么眼神，怎么可以用那样的眼神看自己的母亲?

再说我到底做了什么?

她一直让美久过着富足的生活，不管是美久身上穿的衣服，还是住的这个房子，都是她拼命工作挣来的，要挣这么多钱是一件多么不容易的事，你知道吗?

……明明是个乳臭未干的小女孩。

律子遏制住愤怒的情绪说道："我问你，美久，你有好好去学校吗？"

美久烦躁地下了床，走过律子身边，出了房间，在洗手间洗脸，擦完脸把毛巾丢进洗衣机，然后走向厨房。

"等一下，美久，我在问你有没有好好去学校，快回答我。"

女儿正处于青春期，身高也在不知不觉间长高，已接近大人，已经无法靠力量压制住她。乳房也开始发育，面对女儿的成长，不知为何比起高兴的感觉，她更觉得是一种威胁。

学校老师已经放弃了女儿，初一的时候，每次女儿逃课，老师都会联系自己。可如今女儿逃课已经成了家常便饭，所以老师并不会特意联系她。

"你明年就上初三了吧，高中要怎么办？以现在的情况看，根本就没有你可以上的高中，你有考虑过吗？美久。"

美久从净水器接过水喝下，用微波炉加热冷冻肉包，从冰箱中取出纸盒包装的橙汁。拿着这些走过律子身旁，进了自己的房间。

美久的脸上没有任何表情，全程都无视自己的存在，就像经过别人家门前时，有看门犬隔着栅栏朝自己乱吠一样。美久就像是看不到母亲，又回到了往常的状态。

刚刚面对母亲的烦躁情绪，还有拂开她的手，并不是反抗的表现，只是因为律子触碰了美久的身体，她才反射性地进行了反击，就像野生动物一样，只是单纯出于防御本能的行为。

若是平常的话，律子到这里就会放弃，可她今天因为没睡好情绪本来就很糟糕。

律子追在美久后面，打开她的房门。正坐在床上吃肉包的美久，立马警惕起来，将目光投向律子，就像野生动物面对闯入自己领地的敌人一样。

“美久，你给我适可而止。你不说话我怎么知道你的想法，你不是哑巴吧，为什么什么都不说？”

美久对她关闭心扉是从小学六年级开始的。突然有一天，她什么都不再和自己说，刚开始律子还怀疑女儿得了失语症之类的精神疾病，可当时的班主任老师却说她在学校时和平常一样开口说话。也就是说，女儿不再说话的对象只有自己。之后的三年时间，她和女儿几乎没说过几句话。

进入中学后，美久更是变成了不良少女，经常和坏孩子们一起玩，外表也变了许多。穿衣和化妆方面均是如此，而最明显的是眼神变得凶狠，还开始逃学。

“美久，你究竟在不满什么？”

美久别过脸，像是在极力忍受，等待母亲的牢骚结束，默默地吃着肉包。

“你倒是说话啊，你有什么想对妈妈说的，现在就清清楚楚地说出来。”

美久瞥了一眼律子的方向，眼神中一瞬间闪过轻蔑的神色，就和年轻人冷眼看着坐在路边的流浪汉的眼神一样。

美久的嘴角轻微上扬，笑了一下。不，应该说看上去像笑了一下。

“你那是什么眼神？有什么好笑的？”

你凭什么用那种眼神看我？我到底对你做了什么？你以为是谁给了你如今富足的生活？

律子无意识中举起了手。

她打了美久一巴掌，美久吃到一半的肉包被打落在地。

手掌一阵发麻。

就在这一刻，她清晰地感受到了对女儿的恨意，甚至有杀了她的念头。因为不断涌上的愤怒感，律子的身体止不住地颤抖。

美久直直地盯着律子的眼睛，眼神里没有任何喜怒哀乐的情绪，只是狠狠地注视着律子，没有丝毫躲闪。而且，不知为何，明明是被打的一方，美久却一脸骄傲，就像自己获胜了一样。好像两人在玩谁先出手就是输家，挑衅成功让对方先出手的人就是赢家的游戏。

美久捡起落在地板上的肉包，掸了掸灰尘，继续吃起来。

完全无法理解。

律子感到十分挫败。分明是血脉相连的女儿，长相也有几分相似，可自己却完全无法理解女儿的内心。

大概是因为她不知道应该将美久归于哪一类吧。

美久不属于任何一类。既不是“失足少女”，也不是“家里蹲”，更不是“发育障碍”。既不是“大人”，也不是“小孩”。对律子的态度既不是“反抗”，也不是“拒绝”。由于无法进行归类，所以不能判断病名，不知道病名，也就找不到治疗方法。

在律子眼中，女儿简直就像外星生物一样。不知该怎么和她接触，经过反复尝试，最终只得放弃。能量被消耗殆尽，变得心力交瘁，感到沮丧，只好移开目光。自己总是在重复这一过程。

在美久面前，她总有一种在接受考验的感觉。而自己每次都会输，留给她的只有挫败感和屈辱感。

她已经无法“教育”或“教导”女儿。既无法让她“服从”，也无法“控制”她；既无法“引导”，也无法“晓谕”；既无法“理解”，也无法去“爱”。

仅仅是因为还存在血缘关系，才无法斩断联系。

若是说心里话，她真的希望女儿从自己眼前消失。若是关系能断得一干二净的话，那样最好不过。

和美久待在一起，会让她喘不过气来。

七点五十分，到出门上班的时间了。

“一定要去学校啊。”

她勉强说出这句话，感觉已耗尽全力。律子走出房间，关上房门。

她已经受够了。

无论是美久，还是这样的自己。她都受够了。

两人现在的母女关系和她怀上美久时想象中的相差甚远。她怀着美好的想象，描绘出两人和谐的关系，也自以为朝那个方向付出了努力，可现实和她的想象截然相反。

为什么会变成这样？

不想变得和母亲一样——她一直很注意这点，可实际并不顺利。

打了美久的手在颤抖。

她曾听过一种说法，就是遭受虐待长大的孩子将来也会虐待自己的孩子。而事实上，挨母亲的打长大的律子就在刚才也打了自己的女儿，她也变成了动手打女儿的母亲。

母亲曾对自己说“我就不该生下你”，而现在，律子也从内心期望美久可以在她眼前消失。

难道她变成了自己最憎恨的母亲那样的人吗?

因为不想成为母亲那样的人，她一直拼命努力，难道是她输了吗?

美久有一天也会变成动手打孩子的母亲吗?

谁知道呢。

怎样都无所谓了。

律子准备好后走出家门，前往公司。走出公寓时，她烦躁地挠了挠头发，朝路边吐了口痰。

啊啊，真是令人烦恼的一天。

因为醒得太早，又回忆起了糟心的过往，所以心烦意乱，才动手打了美久。

好想在家休息，不想去公司，不想工作，可那是不行的。

今天真是令人糟心的一天。

2

“——大概就是这种感觉吧。怎么样，有灵感了吗？”

野上叶惠将资料放到桌上，后背靠上沙发。

律子盯着手中的资料。

本次的客户是一对三十多岁的夫妻，两人想开一家意式餐厅，店铺的位置在青山[1]的主道路旁。

“勤劳”的叶惠就连两人从相识到恋爱的经历都问清楚了。两人二十多岁时，相识于意大利的餐厅，丈夫是厨师，妻子是咖啡师。三十多岁时回到日本，最初在不同的店铺工作，有了一定的积蓄后，开始考虑单独开店。因此才会找上律子所在的公司。

律子和叶惠合伙经营着一家名为“K&R制作”的公司。K和R分别是两人名字的首字母。

公司主营业务是店铺经营相关的综合咨询服务。包括装修、菜单、价格、进货、店员制服、金融机构的介绍、广告战略、法律及纳税相关事务、竞争店分析，甚至连附近居民的相处之道在内，提供一切和经营店铺有关的咨询服务，最终让店铺走上盈利之路。

律子是拥有一级建筑师资格证的店铺设计师，主要工作是听取客户的要求后，对店铺内部和外部进行设计。

这对夫妻租的店面，面积本身并不大。从布局来看，四张四人

1　青山：日本东京都港区的一个区域。——译者注

桌、三张双人桌已经是极限了。而两人的要求是开放式厨房，除了中饭和晚饭时间，其余时间段则作为咖啡店营业。内部装饰以白色为主色调，希望打造出那种皇家宫殿般的感觉。

听完这些要求，律子的第一感觉就是，东西太多了。如果完全按照客户的要求推进的话，极有可能会失败。

由于两人是首次开店，所以有这样那样的期望和要求也不是不能理解。可因为要求太多，完全没有经过整理，也没有分清理想和现实，给人的感觉就是，夫妻两人仍在谈论理想的阶段。

店铺的内部装修和布局在追求时尚性的同时，还必须兼具功能性。如何让打扫更加省时，店员活动起来更加方便，以及空调装置的效率，这些都要考虑进去。在考虑这些因素的基础之上，才能实现最少人数的经营，从而节约人工成本。

例如每天打扫卫生间花费的时间为五分钟和十分钟时，虽然仅仅相差五分钟，但一年下来却可以产生一千八百二十五分钟，也就是大约三十个小时的时间差。这样一想，一开始就设计为只花五分钟便可以打扫干净的厕所就可以了。在做设计图时，若是考虑到像这种细小的地方，就可以为经营者减轻不少负担。这种细节的地方，很多时候恰恰是店铺能够成功，且持续经营的关键因素。

即使第一次来店也不会感到不自在，营造出舒适的环境，使客人下次还想来，设计还要考虑到如何吸引客人在社交媒体上晒照。设定大致的目标客群，希望哪个年龄层的人来店，不希望哪个年龄层的人来店。在综合考虑这些细节的基础上，进行判断及取舍，最终确定店铺的设计。

从这对夫妻的经历来看，料理的手艺应该没话说。问题在于妻子有些少女倾向，想法过于天真，这对经营来说是最忌讳的。有必要明确地告诉本人，即使他们是客户，也不能无条件按照他们的要求来做。这也是为了二人的将来。

律子说道："这家店铺，卫生间的位置感觉很奇怪。不能改动吗？"

"不行。"叶惠说道，"要是改变卫生间的位置，将会大幅超出预算。"

"果然啊。"

律子也觉得有难度。若是拆除现在的卫生间，移动到别的位置的话，就必须进行大规模的管道改动工程。

餐饮业的惯例是不会在卫生间附近设置坐席，因为冲水的声音会影响到客人进餐的心情。律子真想找出做这种设计的人来问问，为什么要把卫生间建在这个位置。

"若是不能移动卫生间的位置，完全按照客户的要求来做的话，大概就会变成这个样子。"

律子在素描簿上简单地画出设计图。

叶惠看了一眼，说："啊，这样的确有点挤呢。"

听到叶惠这么说，律子一下子来了火。

和客户之间的交涉，基本由负责经营的叶惠来做。叶惠听取客户的预算和要求之后，由律子进行设计。设计取得客户同意后，再决定施工方，正式开始施工。

这次的客户因第一次开店，期待太多，加上妻子的少女倾向，想法过于理想，在狭小的店面加入了过多的东西。这样下去，不仅会超出预算，还会变成一家空间狭小、缺乏开放感的店铺。

叶惠做这个工作都这么久了，她应该明白这点。既然如此，就应该在和客户交涉时明确地说出来。让客户认识到自己想法上的错误，进行指正也应该是叶惠的工作之一。

她们的工作并不是单纯地满足客户的要求。若是婚礼策划的话，就可以尽情地遵循当事人的要求，使其沉浸在自我满足中。可现在要做的是生意，她们的最终目标是让店铺实现盈利，并能够长久地经营下去。

叶惠只是单纯地听取对方的要求，因为这些无理的要求，最后受累的总是律子。这样的事已经不是一次两次了，每次她都会和叶惠说，可为何她还会犯同样的错误。

叶惠说道："嗯……但我又不想减少坐席，如果收益率变差的话，就不得不提高客单价。"

"这点我也不是不懂。"

"这些坐席真的放不下吗？有没有其他可以缩减的空间？"

"活用这处死角怎么样。比如挪开这里的红酒架，作为室内装饰放在其他位置。虽然有点麻烦，但这样一来就可以空出一张桌子的位置。"

"嗯，好像可行。"

"但是，红酒架需要小一圈才行。"

客户的要求是在店里放一个大大的红酒架。可按照律子的方案，尺寸必须减到一半以下，当然，与此相应的，红酒种类也必然会减少。律子在素描簿上描绘出方案图。

“现在怎么样。而且，以这家店的规模，需要这么大的红酒架吗？”

“是不需要，可这是店主的强烈要求。”

“最重要的是客人吧。对于来这家店的大多数客人来说，需不需要这么多种类的红酒才是重点，相对来说不是必要的地方就要削减。将好处和坏处分别列举出来，让客户来做选择吧。”

“嗯，我会和他们说说看的。”

“还有，预算能不能再稍微高一点，只要五十万日元左右就行。”

“好，我去和客户商量。”

叶惠的“商量”一点也靠不住。叶惠在客户面前只会笑脸相迎，从不知道拒绝，相对的，承受抱怨的总是律子。叶惠的口头禅就是“不能想想办法吗？”，而且最后一定会全部甩给律子。

“总之就先定这两种方案吧。以明亮的白色为主色调的方案，以及以沉稳的灰色为主色调的方案。”

设计稿律子已经给了叶惠。前两天，律子特意到青山的街道上走了走，设计出了两种感觉上适合那里氛围的内部装饰方案。

“那这个案子就先这样。”叶惠将资料收进文件夹。

“已经到这个时间了。该吃午饭了，那家的荞麦面可以吗？”

“嗯。”

叶惠问了律子想吃的东西，拿出电话。

“啊，你好，我是野上。麻烦送两份外卖，要两份荞麦面，外加炸天妇罗拼盘，还有炖鲱鱼——”

叶惠像对部下发号施令一样，点了外卖。

公司附近有一家荞麦面店。尽管这家店没有外卖业务，但善于交际的叶惠因为和店主很熟，所以可以受到特别优待。对于比自己大二十岁还多的店主，叶惠交流起来就像对待普通朋友一样，从不使用敬语，不过这也很像叶惠的风格。

挂了电话，叶惠说：“啊，对了。上个月的新闻，有很大的反响呢，前来咨询的人增加了一倍之多。”

“是吗？”

上个月，她们接受了一家全国发行的报纸的采访邀请。

叶惠通过不知怎么认识的某家公司老板的介绍，联系上了报社记者，并主动提出请他们采访自己的公司。K&R制作是一家全部都是女性的公司，可能是比较少见吧，该报社答应进行采访。采访对象是公司老板叶惠及设计师律子。

认识叶惠已经有八年时间。

律子大学毕业后，进入了一家设计事务所。虽然考取了一级建筑师资格证书，但在那家只看重男性的公司，安排给她做的尽是一些男性建筑师的助手性质的工作。因为想以自己的名字发表作品，所以她瞒着公司偷偷参加设计比赛，还将拿手的设计图送去公开招募的竞赛等，也因此拿过奖。

在偶然的机会下看到这些作品的叶惠，凭借她那厚脸皮的性格，找上了律子。而且第一次见面就单刀直入地问她。

“喂，要不要和我一起创办公司？”

叶惠当时在一家广告代理商上班，但那里也只看重男性。正当因为得不到机会而一筹不展时，她遇到了律子。因此，也可以说叶惠是发现律子才能的伯乐。叶惠一直在寻找创业的机会，这时正好发现了合适的人才，便来邀请律子。

两人因为境遇相似，律子对叶惠创立公司的想法很感兴趣。两年后，律子决定辞职创业。

创业资金全部由叶惠筹措，律子完全没有感到经济负担。公司成立之初只有她们两人，叶惠是社长兼营业员，负责在外面跑业务，谈单子，而叶惠拿回单子后，则由律子负责设计。两人就当自己经营店铺一样，设计出兼具时尚性与功能性的内部及外部装饰。设计确定后，由叶惠和工程商进行交涉，以尽可能低的价格委托施工。叶惠还发挥在广告代理公司工作过的经验，进一步帮店铺思考广告策略。

“我们一定会让你的店铺做大做强，获得成功。”

这一直接而充满自信的宣传标语就是叶惠想的，也非常符合叶惠的风格。

其后，K&R制作策划的大部分店铺获得成功，口口相传，公司名声越来越大，工作也逐渐增多。员工也增加了，叶惠多了几名部下，但设计师仍只有律子一人。

叶惠的部下全都是女性，所以这是一家全都是女性的公司。也因此，她们的客户大多是女性经营者，以及想要增加女性客人的店铺。

“律子你也差不多考虑一下找个助手怎么样？”

前几天，叶惠对她这样说。

由于工作逐渐增多，叶惠似乎是担心律子一个人忙不过来。可律子拒绝了，因为比起团队协作，独立完成工作更合乎她的性格。最重要的是在律子看来，自己的工作属于“创作”的范畴。

“创作”一般都是由一个人来完成的。

律子非常擅长打造标志性的事物。只要给予店铺一个标志性的符号，它就会成为店铺的灯塔，吸引客人聚集。这就是她想要的效果，除此之外的东西则一切从简，排除多余的事物，营造出注重功能性的空间。过于复杂的话，不仅会增加不必要的成本，还会降低标志的纯度。

如果非要说的话，这大概就是她成功的秘诀。还有，这是只有律子才能做到的事。而且，律子的工作效率也在提高，如今可以同时进行好几个案子。所以她认为自己并不需要助手。

叶惠的电话响起，她接了起来。

“是荞麦面到了，我去拿一下。”

叶惠走出会议室，不一会儿便端着一个托盘走进来。

“那先来填饱肚子吧。”

叶惠分开一次性筷子，发出刺溜刺溜的声音，开始吃起来。食量大于常人的叶惠总会点两到三样东西。几乎没怎么品尝味道，一边吃荞麦面，一边喝着罐装咖啡。虽然自诩美食家，但叶惠的舌头根本就分不出好坏。

忽然间注意到叶惠的手腕。

上面是一只散发着银色光芒的全新的手表。喜欢追求名牌产品的叶惠总会将自己全身上下都用名牌包装起来。

不知道叶惠的工资是多少呢，不过可以确定的是，律子的工资无法像这样大手大脚地买名牌产品。

在名义上，叶惠是社长，律子是员工，但那只是公司法中的头衔，正如公司名称一样，两人本应是对等的合作伙伴关系。因此，工资也理应相同，甚至说律子拿大头也无可厚非。因为客户是看在律子做设计的关系上，才会找上她们公司。

当然，律子的工资和同龄的女性相比，自然是高出许多。但是，近几年她的工作量增加了不止一倍，所以工资也理应水涨船高才对。可经营方面的事务由叶惠全权把控，律子并不知晓详细的盈亏状况。她不得不怀疑叶惠是否只给她自己提高了工资。

叶惠作为公司社长的能力是大家公认的。不论是人脉、谈判能力、表达能力，还是沟通能力都出类拔萃，这些都是律子所没有的，因此从这一方面来看，两人可以说是形成了完美的互补关系。

只是，两人原本的对等关系，就因为律子很少提出意见，因此她总感觉叶惠在逐渐将公司私有化。最近，叶惠对待她的态度也让她觉得，叶惠不是将她视为合作伙伴，而是部下来看待。律子对这一点感到强烈的不满，可迟钝的叶惠并没有注意到。

律子开始感觉叶惠只是在利用自己。

或许自己应该主动提出查看公司的账务明细。叶惠在招待费的使用上也非常自由，还经常去位于银座的高级寿司店。虽然有点极端，但也不排除她贪污公款的可能性。

叶惠最近可谓是顺风顺水，和生意上经常往来的合作方的社长，在私下里也保持着非常好的关系，但这种关系说得不好听一点，就是关联方的勾结。公司往往就是从这种地方走向腐败的。

律子叹了口气。

看着眼前的荞麦面，完全没有食欲。早上的忧郁情绪一直萦绕着她。

不知道美久有没有乖乖去学校。美久没有自己的电话，进入中学时，律子虽提议给她买一个，但美久拒绝了，说“不需要”。所以律子无法联络她，一想到美久的事，律子就觉得头痛。

“怎么了，感觉你好像没有精神？”

叶惠神经大条地问道。想让她注意到的事总是注意不到，不想让她插手的事却多嘴起来。

“啊，难道是美久的事？”

为什么只有这种时候她才如此敏锐？明明对其他事情迟钝得不得了，可唯独他人私生活方面的烦恼她一眼就能看穿。

“美久还是那个样子吗？”

“嗯。”

回想起来，美久变成那样正是在创办这家公司之后。律子在新的公司变得忙碌的时期，和美久多愁善感的时期正好重叠。加上和丈夫闹离婚，各种事情都搅在了一起。

叶惠也知道美久的事。她们刚创业时因为没有办公室，叶惠经常到律子家讨论工作的事。因为叶惠外向的性格，加上当时还是小学生的美久尚未像现在这样紧闭心扉，所以两人相处得还算融洽。不过美久上中学后，两人就很少见面了。

曾经也发生过因为美久在学校引发问题，律子接到学校的电话，于是放下工作赶到学校的事。所以叶惠也比较担心美久。

“美久现在上初二了吧，来年就要中考了。高中打算怎么办？”

“……”

律子根本回答不上来，她自己还想知道呢。

突然想到，美久会不会不打算上高中呢。

她原本还想，如果美久上高中的话，高中三年就可以暂时不用考虑未来的事。可若只有初中学历的话，能做的工作会非常有限。

不过回过头来一想，就美久那个性格能在哪就职呢。

叶惠说道：“你和美久还是没有交流吗？你要不要和她好好谈一次……啊，还是说她不愿意和你说话？”

“……”

“这种时候，要是男性监护人在就好了。女性与女性的对话，是很容易产生冲突的。”

——你的意思是美久变成那样是因为缺失父亲的关系吗？

“中学的话，就算上学天数达不到规定天数，也可以毕业吧？”

“好像是这样。”

“不过，美久怎么就变成了那个样子呢，小时候明明不是那样的。果然是因为太寂寞了吗？因为妈妈工作忙，经常一个人在家，她想让人关注自己，所以才会故意做坏事。”

——你是漫画看多了吧。漫画里虽然会有这样的情节，但那只是幻想。孩子并不是那么简单的生物，他们就像要大牌的明星一样任性，无理取闹起来像怪物一样让人束手无策。宛如生下来的目的就是向父母报仇一样，只想着如何让父母感到困扰。没有生过孩子的叶惠，怎么可能懂得这些。

“你作为母亲也有责任哦。因为律子总是凭主观断定事物，说话方式也是，爱讲大道理，经常用确定的语气。你是不是曾用这种方式训斥过美久，让她觉得毫无道理可讲？所以美久才会觉得跟你说了也没用，于是紧闭心房，不再和你讲话了。”

——烦死了。站着说话不腰疼。因为你自己没有养过孩子，不需要对孩子负责任，才能说出这种毫无道理的意见。

“你对她太强硬了。美久已经不是小孩子了，你得把她当大人对待。好的母亲教育孩子不是用嘴，而是用耳朵。不能一味去命令她去做这个或做那个，而要认真地倾听孩子的想法。不是指点或说教，重要的是倾听孩子的心声。”

——闭嘴，局外人。快收起你那套不知从哪听来的肤浅的教育论。没有生育过孩子的你，有什么资格在这自以为是地说教。

“况且，让美久变成那样的难道不是律子吗？”

——你想说都是我的错吗？我才是让美久变成那样的罪魁祸首吗？开什么玩笑。

“你需要走近她的心灵才行。如果你做出改变的话，美久也一定会改变的。”

——吵死了。我又没找你商量，不需要你提什么意见。

“不过，谁让律子和美久很像呢。两个人都很倔强，感觉总是缺乏从容感，或者说不懂得变通。”

——我和美久很像？哪里像了？她和我完全不一样，而且我根本无法理解她。

“如果律子出石头，美久也出石头的话，你们两个人永远也不会分出胜负吧。人际关系圆满的诀窍就在于，对方出石头的时候，自己故意出剪刀输给对方。”

“为什么我要输给她啊？”律子不由地说。

“你就是这种思维太犟了。故意输掉才是顺利维持人际关系的秘诀。这和陪客户打高尔夫是一个道理，要故意让对方赢，使其心情舒畅，这样客户才能听进去我方的要求。”

——不要把养育孩子和招待客户混为一谈。如果故意输掉，孩子只会看轻父母，变得越来越任性。所以必须通过取胜显示自己的威严，不然孩子就会得意忘形。孩子和你面对的心平气和的社长们不一样，他们就像神经高度敏感的野生兽类。没有当过母亲的叶惠自然不会懂。

“啊，已经到这个点儿了，我得走了。”

叶惠都没怎么嚼，将剩下的午饭快速装进胃里。

“那我走了。这个盘子，帮我一起洗一下。”

叶惠着急忙慌地出了会议室。

无法表达内心真实的想法，无法顺利喘气，如同缺氧一样，律子感觉自己的心在一点点坏死。

叶惠离去后，无处发泄的她狠狠地踢了一下桌腿。

3

律子坐在办公桌前，做着工作。

在时间允许的范围内不断调整细节。设计不仅要注重外表，还需细致地考虑其实用性，排除在实际经营当中，会造成浪费或多余的部分，最大限度地减少清扫费及水电费等必须支出的经费。

很多设计师只关注设计的外表，很难注意到这点。这也是拥有建筑师资格证，以及有着家庭主妇经验的律子的强项所在。

但是，今天她的头脑却无法顺利运转。

往常状态好的时候灵感会源源不断地涌现，手也会不自觉地动起来。感觉就像最佳的设计方案主动来找她一样。可今天完全不行，手一直闲着，等她发觉过来时正咬着手指。还因为一个劲地喝咖啡，装了一肚子的水。

真是烦心的一天。

下午六点，律子想着把工作带回家接着做，正收拾资料，突然电话响起，画面上显示着前夫福森幸次的名字。

她犹豫着要不要接电话。

幸次比她小两岁，两人交往一年后步入婚姻殿堂。幸次有很强烈的结婚意愿，律子几乎是在他的催促下在结婚申请书上签了字。两年后，美久出生。说实话，在美久记事之前，她过得很幸福。幸次作为丈夫的表现无话可说，照顾还不会说话的美久也让她很有做母亲的成就感。

可孩子终究会长大，学会走路和说话，然后开始不听大人的话。律子身为母亲的压力一点点积攒，在养育孩子及生活方式，还有对未来的计划等方面，她和幸次的想法逐渐产生分歧。幸次还想要第二个孩子，但律子照顾美久一个就忙得不可开交了。

幸次似乎希望律子成为家庭主妇。但在律子看来，她只觉得是幸次把家事和育儿全部推给她一个人。而且律子并不想辞掉工作，在拥有家庭的同时她也希望成为一名独立的女性。

后来因为保育所迟迟没有找到，在家事和育儿方面丈夫的负担增加，这给幸次造成了很大的负担，两人在价值观方面的分歧随之不断涌现。而与丈夫的夫妻生活开始变成应付也是这个时候。

两人开始吵架，而幸次的出轨成了离婚的决定因素。美久八岁的时候，两人正式离婚，但夫妻生活其实早就名存实亡了。离婚后美久的抚养权归律子，幸次则一直在支付抚养费。

不过，原本约定的每月一次和女儿的会面，因为律子工作变忙的关系，开始变得有一次没一次。再加上在外资企业工作的幸次赴任海外，所以美久上中学后，两人一次都没有见过。

现在，幸次的海外赴任已经结束，应该已经回到日本了。

电话仍在响着。

虽然不想接，但感觉像是自己在逃避一样，令律子很不舒服。

她拿起电话离开座位，走到没有人打扰的地方，才按下接听键。

“喂”，自己低沉的声音回响在耳边。

“啊，是我，”幸次说道，“现在有时间吗？”

“嗯。”

“好久不见了，你最近怎么样？还好吗？”

“还是老样子，没什么特别的。你已经回日本了吧？”

“嗯，我的海外赴任已经结束，现在在名古屋的分公司。”

“是吗。那你今天找我是？”

“啊，我看到那则新闻了，上面有你和叶惠小姐的照片，而且整整占了一个版面。好厉害啊，你的工作看起来很顺利，真是太好了。”

“谢谢。然后呢？”

“嗯……”幸次稍微顿了一下，“我想还是跟你说一声。我要结婚了，对方和你同岁，是做营养师的。”

幸次接着又说了和对方相识的过程。

女方也离过一次婚，但没有孩子。去年，两人在出席朋友的结婚典礼时认识，经过远距离恋爱，交往一年后步入婚姻。

这一过程很像幸次的风格，交往不久便决定结婚，还有对方比自己年长。这些都和与律子交往的时候一样。

脑海中浮现出幸次的脸。圆圆的脸庞，一笑起来有很多皱纹。明明喜欢依赖别人，却有着大男子主义的一面。

律子说道：“你和谁结婚对我来说都无所谓，也不用和我报告。只要继续支付抚养费就可以。”

“我猜你肯定会这么说，只是想告诉你一声。”

“你打电话就是为了这件事吗？”

“不……其实我想让美久跟着我过。”

“啊？”

“我也咨询了律师，只要把抚养权转移到我这边……”

“等等，你突然在说什么啊，而且之前根本没和我商量过。”

“抱歉，其实我擅自调查了一下。关于美久的现状，我多少知道一些，包括学校的出勤情况等。”

“……”

“现在你还是美久的监护人，或许我这样做有些过分。但美久也是我的女儿，这一点是不会改变的。因为你一直不想让我和美久见面，我们已经很久没见了。你是有什么不想让我们见面的理由吧？”

虽然幸次去了海外赴任，但一年当中也会有几次返回日本。每次回来幸次都会联系她，可律子要不就是撒谎，要不就是装作不在家，没有履行让美久和幸次见面的约定，这的确是事实。

“但是，先等一下。你刚说调查了我们，你是怎么调查的？不会是找了信用调查所暗中监视我们吧——”

“不，不是那样。我只是见了叶惠小姐，从她那听说了一些情况。”

“叶惠？”

“你不要怪叶惠小姐。是我拜托她不要将和我见面的事告诉你的，她并不是要故意隐瞒。叶惠小姐也很担心美久，所以才告诉了我。”

“……”

“我也联系了学校，打听了美久的情况，还有儿童咨询所。”

“儿童咨询所……你是怀疑我虐待美久吗？”

“不，我并不是说你对她使用暴力。但是，你知道吗，放任不管在某种意味上也是一种虐待，学界称为儿童忽视，即放弃作为父母的教育责任。例如在子女因为偷窃被抓住，或是不去学校时什么也不做的状态，在广义上也算是虐待。”

律子头脑一阵发热，她终于明白幸次的意图了。他是想收集律子虐待女儿的证据，从她这里夺回女儿的抚养权。

“趁这个机会，我就明说了吧。抚养孩子对你来说太难了，因为你是那种只对自己的事感兴趣的人……你在公园里也看到过吧，让孩子一个人在旁边玩耍，自己则坐在长椅上看手机的母亲。注意力完全不在孩子身上，孩子则很无聊地一个人玩耍。你就是那样的母亲。孩子可以敏锐地察觉到，母亲的关心到底在不在自己身上。孩子一旦感觉到比起自己，母亲更在意手机，就会觉得自己是不被爱着的。所以为了吸引母亲的关注，就会故意搞破坏。可母亲却觉得孩子在妨碍她看手机，从而对孩子发火，甚至动手或无视。这样的孩子进入青春期后，情绪会变得不安定，难以管束，进而走上歪路。这种从小就崩坏了的父母和子女的关系，是无法修复的。”

——这是什么话？是哪本育儿书籍的现学现卖吗？你管过女儿吗？你觉得陪她玩一玩，宠一宠她就是育儿之道了吗？不要装作一副什么都知道的样子。

“我知道美久现在是什么状态。但是，那一定是美久内心的呐喊，要是没有人接收到她的求救信号，对她伸出援手的话，美久一定会越来越偏离正道，总有一天会做出无法挽回的事。如果是现在，美久还是内心比较柔软的中学生的话，一定还来得及。说实话，我有点能理解美久的心情。和你在一起的话，会让人喘不过气来。虽然无法准确描述，但就是觉得无法顺利呼吸，既不想看到脸，也不想和你讲话。”

“……”

“你是个完美主义者。即便是没有把脱下的袜子翻过来放进洗衣机这点事，你也会生气，而且这种事不是一次两次。你的确不会把没有翻过来的袜子直接放进洗衣机，也不会睡过头，懂得自制，不会因为吃太多而发胖。管理家里的收支都是精确到一分一角，收据也都会好好保存。你真的很厉害，可是，并不是所有人都能做到像你一样完美。和你在一起，总有种被挑毛病、被责难的感觉。虽然你并没有错，袜子也的确应该翻到正面再放进洗衣机，可是，要是所有的事物都被这种规则和条理所束缚的话，只会让人感到窒息不已。”

“先等一下，你到底想说什么？”

“就是说你在教育女儿上，是不是也采用了同样的做法呢？”

——你的意思是说，是你的话就可以好好教育女儿了吗？把女儿交给我就是个错误是吗？如果自己是监护人的话，美久就不会逃学，会成长为一个开朗可爱的女孩子是吗？

“总之，既然我已经知道了美久的现状，就不能坐视不管，甚至有些后悔为什么没能早些做点什么。感谢你把美久养到这么大。不过，我也要结婚了，对方也同意把美久接过来，而且还十分欢迎。”

——我也希望美久能够幸福，我并不是恨她。不，虽然有时会觉得她可憎，但我从来没有希望她变得不幸。我只是不明白，美久为何会如此憎恨我，为什么母亲和女儿的感情会产生如此大的偏差。

“对你来说这应该也不是一件坏事。这样一来，你就可以集中精力工作了。说实话，你其实对美久也束手无策了吧？而且美久也可以离开你，换个环境。你不觉得这样对双方都好吗？”

——幸次什么都不明白。幸次根本应付不了现在的美久。幸次对美久的认识还停留在小学生的阶段，还是那个小小的，没有多大力气，没有变成怪物的美久。而如今美久已经长大，不仅有了反抗大人的力量，而且可以将父母的身体以及心灵伤得体无完肤。因为幸次不知道这些，才能说出如此肤浅的理想论。

“美久来年就要中考了吧。让她转学，换一个环境或许是个不错的选择。不管怎么说，还是见面谈一次吧，我也想听听美久本人的意愿。这事越快越好，你什么时候有时间，我随时配合——”

——我不会把美久交给你的。

律子无言地挂断电话。

结束工作，走出公司。在回家的车站站台上，律子收到了舅舅新山寿发来的信息。

内容是询问是否可以现在来律子家。

舅舅好像是来这边看望住院的朋友，刚好经过附近。因为还有一些时间，所以想见见律子，大概一小时左右就回去。律子回复了“好啊”之后，立马就收到了“那我八点左右过去”的回信。

寿是母亲的哥哥，对律子来说就像她的父亲一样。

律子的母亲，饭塚町子未婚先孕，她不知道自己的生父是谁，户口簿上父亲那栏也是空的。可以确定的是母亲并不想生下她，也考虑过堕胎，但因为错过了妊娠初期，所以没能成功。

听寿舅舅说，母亲町子在当地是出了名的不良少女。经常和一群不良伙伴聚在一起，无法无天。虽然高中毕业了，但之后离开家里，过着放荡的生活，只有在没钱的时候才会回来。因为双亲对町子心怀愧疚，所以每次都会给她钱，也因此让她变得越来越过分。

突然有一天，她怀着不知哪个男人的孩子回来了，那个孩子就是律子。

虽然完全没有印象，但据说在律子两岁之前，她们一直生活在母亲的老家。之后，因为和双亲及寿舅舅的关系恶化，母亲带着律子离开了家。

自此律子便开始和母亲两人一起生活。母亲时而工作时而不工作，以女儿为借口领取生活保障金，过着沉湎于酒精的颓废生活。这种生活一直持续到律子上中学一年级为止。然后，事件发生了。

那个时候町子很罕见地在工厂找了一份工作，那是一家制造拖鞋和凉鞋等鞋类的工厂，町子不久便和那里的社长发展为了情人关系。虽然是兼职工作，但因为是那种关系，可以拿到不少工资。律子也隐约有些印象，那段时间母亲总是心情很好，有次还一时兴起给过律子一张一万日元的零花钱。因为母亲是那种有钱就会花掉的人，所以那段时间过得很奢侈。

之后律子是在法庭上才得知，町子在工厂里宛如自己就是社长夫人一样，十分威风，对员工也是一副颐指气使的样子。

但是，这种要威风的日子还是走到了尽头，因为社长夫人知道了事实。由于这家工厂是社长夫人的父亲留下的，所以社长在妻子面前根本抬不起头。另外，社长虽然让町子做了自己的情妇，但眼看町子在工厂里越来越狂妄，他也觉得十分头疼。之后因为发现町子挪用公款，于是以此为借口将町子解雇。

不过，町子可不是会就此罢休的女人。

町子像找碴一样，多次冲到社长家中，要求支付退职金，以及精神抚恤费。但事情一直争执不下，一次恰好只有社长夫人一人在家时，町子再次不请自来。两人发生了口角和争执，町子一气之下便杀了她。之后，便拿着社长夫人的钱包逃走了。

律子还清楚地记得那天的事。事情败露后，警察来到律子家中，什么都不知道的律子当时正在写作业。

町子逃亡了三天后，在公共澡堂被逮捕，当时她正泡完澡，在舒舒服服地休息。她最终以杀人罪被判处十八年有期徒刑。

但是，对律子来说，真正的艰辛才刚刚开始。

町子的案件在判决结果出来之前，受到媒体大肆报道，她本人被取名为“杀人魔町子”。因为町子在勒死社长夫人后，又在尸体上留下了很多不必要的创伤。而且在杀完人后，町子还光明正大地在社长家洗了淋浴，并换上社长夫人的衣服，拿了钱包逃走。

当天晚上，距离杀完人不过数小时时间，町子就用偷来的钱在饭馆吃了一大份牛肉盖饭，她大快朵颐的样子被监控视频记录了下来。其脸上还带着笑容，看她吃饭的样子就好像一个饿极了的人。

这段监控视频被反复在电视上播放。

简直就是恐怖电影。

如果没有这段视频的话，案件或许不会受到如此大的关注和报道。即使已经过去三十年，但只要提起“杀人魔町子”，至今还有很多人会记起那段大快朵颐牛肉盖饭的视频。

律子的母亲就是被判刑的“杀人魔町子”这件事迅速在学校传开，律子的朋友全都不再和她玩了。还有很多家长到学校抗议，表示不想让自己的孩子和杀人犯的女儿读同一所学校，引起了很大的骚动。

律子被没有孩子的舅舅寿和俊子夫妇收养，并转了学。寿也因为是町子哥哥的关系，被当时所在的公司辞退。之后，寿丢弃了饭塚的姓氏，改为了妻子的新山姓，就这样隐瞒着和町子的近亲关系生活至今。

可即使这样，还是无法彻底隐瞒。这之后，在判决结果出来、新闻报道逐渐平息下来之前，律子又转了几次学，寿也换了好几次工作。

寿和俊子之后开了自己的洗衣店，生活虽算不上富裕，但还是努力供律子读完了大学。俊子在五年前因病去世，寿今年也已经六十四岁了。洗衣店虽然还没有关门，但收入非常微薄。靠着律子寄去的生活费，寿一个人勉强度日。

毕竟已经过去了三十年，事件已经被人们淡忘。虽然他们的生活没有受到影响，可这件事给他们留下的心理阴影并没有消失。

町子的刑期应该已经结束，早就出狱了，但律子并不知道她的消息。寿也说不知道，但这也有可能是寿的谎言，因为他不想告诉律子。不过律子也并不想知道，所以怎样都无所谓。

但是，最近律子总是在想美久的事。从寿那里听说了町子年轻时胡作非为的样子后，她总会把町子和美久的身影重叠在一起。律子甚至开始怀疑，难道是隔代遗传，容易走上歪路或许也是一种遗传病。

晚上七点半，律子回到家中。

家里一片漆黑，打开美久的房门，里面没有人。学校制服还和早上一样挂在衣橱里，是美久放学回来换了衣服之后又出门了，还是说她原本就没有去学校，律子不得而知。

因为美久没有手机，所以也没办法联系。

律子从冰箱里拿出冷冻意面，用微波炉加热后，吃了起来。就在她洗碗的时候，门铃响了，是寿到了。

“欢迎。”律子到玄关迎接。

“嗯，你还好吗？”

寿递来一个装着随手礼的袋子，里面是蛋糕卷，而且是美久从小学生的时候就特别喜欢的一家店做的。

寿是个非常温和的人，以至于根本无法想象他竟然是那个町子的哥哥。他表情也很温柔，不过在妻子去世后，一下子老了许多。

律子去泡咖啡，寿则坐在了餐桌旁的椅子上。

“啊，对了。我看了报纸哦，真是吓了我一跳。因为一翻开报纸，就突然看到了律子。你要上报纸，怎么不提前说一声。”

“也没有啦，因为我觉得也不是什么特别值得一提的事。而且事先也不知道会占那么大的版面。”

“我向大家炫耀了好久呢。我把附近便利店刊登有那则报道的报纸全都买下，发给了邻居和朋友们。还单独把那一页剪下来，裱好后装饰在房间里。另外，为了留作纪念，还特意留了二十份。”

真的很像寿会做的事。因为家人的一点小成就，就如同自己的事一样，为此高兴不已。朴素、勤勉、整洁利落，对妻子也非常温柔，这就是寿。

寿环顾了一圈屋内。

“哎，美久呢？在自己的房间吗？”

“不……”

“是还没回来吗？”

“嗯，是啊。”

“都已经这个时间了，明明还是个中学的女孩子。”

寿对进入中学后美久的变化也十分吃惊，同时也很担心。寿心脏不好，他这一生中，发生了太多对心脏造成负担的事。虽然不想让寿担心，但律子觉得隐瞒反而不好。

律子如实地说出了美久的现状。

“是吗……”寿喝了一口咖啡，“不过，美久不在也好。我正好有点事要和你说。”

“嗯？”

“事实上，有件事我得提前和你说一声，虽然是一件让人很气愤的事。前几天，有一个自称是金融机构调查员的男人找上门来，我们见面聊了聊。说是一处叫红花金融的地方，其实就是放高利贷的，可以无须审查，也不用担保就能借到钱。”

寿将一张名片放到桌上，上面写着红花金融，川澄吾郎的字样。律子立马上网查了一下，看似是一处中小规模的消费者金融机构，还写有无须担保，即日到账等十分可疑的介绍文字。

“简单来说，就是町子在那里借了钱，偿还金额在一千万以上。而且町子那家伙，在借钱的时候，好像用了我的名义。连保人的地方写有我的名字，甚至还盖有印章。当然印章是伪造的，笔迹也和我的不一样。没有做好确认这点本是金融公司的过错，也就是说他们被町子骗了。所以我自然没有还款的义务，但还是有些麻烦事。”

“然后呢？”

“听那个自称调查员的男人说，那个冒充我的男人是和町子一起来的，并签了我的名字。更可怕的是，他还持有我的驾驶证，当然也是伪造的。之后，因为没有按时还款，调查员便去了町子的住处，然后就发现那里早就人去楼空了。在调查町子下落的时候，他们查到了我的住所，所以便找上门来。大概经过就是这样。”

“那你是怎么说的？”

“我当然是说我不知道町子的下落，而且已经与她彻底断绝了关系。可是，不知道那个调查员是怎么查到的，他知道町子有犯罪的前科，以及有一个女儿。他向我问了你的住所，我当然没有告诉他，只说已经没有联系，也不知道住在哪里。虽然他就此打道回府了，但难保那个男人不会查到你的住所，然后找到这里来。”

“……”

“不过，就算他找来，只要告诉他不知道町子的下落就可以了。关于这点我并不担心，不过我想还是提前让你知道有这样一件事。不然，那个人突然找上门，你也会被吓到吧。”

寿露出了已经受够了的表情，仿佛就连说出“町子”这个名字都会让他感到厌恶。

“真是没想到，到这个岁数还能听到关于町子的消息。但是，就从她伪造我的驾驶证借款这件事上，可见她依旧死心不改，她竟然还在做这种事。另外，她逃债消失前的住所听说在越谷，距离这里还挺近的。”

律子的公寓位于赤羽，而寿的洗衣店在埼玉县川口市。没想到她们住的竟然如此接近。

“我要和你说的就是这件事。要是有什么情况的话就联系我，我这边有什么的话也会联系你。”

“嗯，我知道了。”

“那个叫川澄的男人，是个关西人，讲话带有浓厚的关西口音。矮胖的体型，外表不修边幅。总之脸皮特别厚，是个能说会道的十分缠人的男人。关西人难道都是那个样子的吗？”

聊天到此戛然而止，两人都沉默下来。

町子的话题是两人的禁忌，因为他们互相都有许多不愿意回想起来的往事。

真是令人烦心的一天，竟然还要听到关于那个女人的事。

过了一会儿，玄关传来开门的声音。

美久回来了。她穿着宽松的连帽外套，下身是破洞牛仔裤。故意将自己打扮成看上去很没规矩的感觉。也许是还不习惯化妆的关系，不管是粉底还是口红，都可以明显看出涂得太多了。

若是平常的话，美久会忽略律子的存在直接走进自己的房间。但今天她发觉到寿在客厅里，于是停下脚步。

寿笑着对美久说道："美久，好久不见啊，你是不是又长高了？"

美久只是轻微点了点头算是打招呼。

美久和寿已经半年不见了，她应该并不讨厌寿，可表情还是很僵硬。到了这个年龄的孩子，对于如何与许久未见的亲戚接触都会感到迷茫吧。虽然寿还把美久当成是小学生来对待，可美久的想法已经接近大人了。这种差距形成的隔阂，让他们无法掌握好距离。

律子说道："美久，你这么晚去干什么了？今天有好好去学校吗？"

美久的表情瞬间阴暗下来。

寿连忙打圆场道："喂喂，不要一上来就用这种责问的语气。"

美久瞥了一眼律子，眼神中充满叛逆，好像在说我和你无话可说一样，一脸不耐烦地向自己的房间走去。

"给我等一下，美久！"

美久就像没听到一样，径直走进房间，啪的一声关上房门。

寿在一旁没有说话。即使通过这短短的时间，现在律子和美久的母女关系处于什么样的状况，也可以一目了然吧。

“律子，如果你实在没辙的话，让美久去我那待一段时间也是可以的。”

——意思是我是一个失败的母亲吗？

律子感到一股怒火上涌，但她知道不能把气撒在寿身上。她调整了一下呼吸，让自己平静下来。

“不，不用了……”律子拼命挤出这句话，感觉花尽了全部的力气。

“真是令人烦心的一天。”律子默念道。

4

翌日早晨，律子像往常一样去了公司。因为她比美久早出门，所以并不知道美久有没有乖乖去学校。

律子决定尽量不去思考美久的事。

或许就像幸次说的那样，她这样做只是在逃避作为母亲的责任。对于美久的事，她一会儿觉得必须得做些什么，然后焦虑不已，却总是徒劳无功。但一会儿又觉得其实怎样都好，然后破罐破摔。这两种心情像跷跷板一样交互出现。

因为选择后者要轻松得多，所以她最终还是会不自觉地选择逃避。

即使坐在办公桌前，她也无法集中精力工作。她努力试着不去思考美久的事，可完全不行。就像化脓的伤口无止尽地流出脓水一样，带着难闻气味的污物一直附着在脑海中，怎么也不愿离去。

到下午的时候，内线电话响起，是负责转接电话的事务员。

律子拿起听筒："喂，怎么了？"

"啊，律子小姐。这里有一位红花金融的名为川澄的先生想要见您。"

"川澄？"

律子心脏一紧。这么快就找上门来了，虽然不知道他是通过什么途径调查的，但可以看出他们的调查能力并不亚于信用调查所。

"这边并没有预约。而且，对方也说以前从未见过面，您看要怎么办？”

“叶惠今天在做什么？”

“因为要和金泽先生谈事情，所以不到傍晚应该回不来。”

律子松了一口气，她不想让叶惠知道她的弱点。

虽然她们是合伙人，但律子对叶惠抱有强烈的竞争意识，她不想输给叶惠。这既是她的自尊，也是她的倔强。想要比叶惠占优势，不想被叶惠看轻，不想被叶惠同情，更不想接受叶惠的恩惠。

她并没有告诉叶惠自己的母亲是杀人犯的事，也没有告诉幸次和美久。这件事只有寿、俊子和她三个人知道，是他们三个人的秘密。面对寿能够敞开心扉，也是因为他是现在唯一知道这个秘密的家人，所以没有必要警惕，也不必对抗。

“要怎么办呢？”事务员问道。

“他有说来拜访的理由吗？”

“好像是说想谈谈关于律子小姐的母亲的事……”

虽然可以假装不在公司，但是像这种调查员不见到律子是不会罢休的。再说，他已经找到公司来了。

即使逃避也没有用，而且现在不能让对方觉得自己在逃避。这样只会处于下风，在心理上让对方抓住把柄。律子又没有过错，堂堂正正地去见他就好了。

还好昨天寿提前告诉了她。若是不知道的话，她一定会陷入恐慌。

“知道了，我马上过去，你让他等一会儿。”

“好的。”

放下听筒，律子站起身，去了趟洗手间。在洗手台洗完手，整理好头发。她深深地吸了一口气，接着吐出。

为什么事到如今母亲会冒出来?

不能让那个女人扰乱我和美久的生活，必须阻止这件事的发生，必须要保护自己努力得来的东西。

看着自己映照在镜子中的眼睛，律子下定决心。

走下楼梯，来到接待处，事务员看到律子后，用眼神示意她，就是“那个人”。

顺着眼神看去，只见那里站着一位高龄的男性。

和寿那里听来的一样，男人又矮又胖，年龄大约六十岁。虽然身穿西装，但没有熨烫，领结也打得很奇怪，歪向一边。胡子没有刮干净，可以零星地看到胡碴。弓着背，手插在兜里，姿势非常散漫。

“你好，我是新山律子。”

律子打了声招呼后，川澄咧嘴一笑，他嘴里缺了好几颗牙齿。

“哎呀，你好你好。鄙人是红花金融的川澄吾郎，请多关照，这是我的名片。”

川澄带着浓重的关西口音说道。一靠近他，便可以闻到一股浸染在衣服里和手上的香烟的味道。

律子没有出示自己的名片。

“因为没有空房间，可以到附近的咖啡店谈吗?还有我只能抽出三十分钟左右的时间。”

“真是对不起。没有提前预约就贸然前来，不管哪里都可以，那我们走吧。”

川澄虽然一副点头哈腰的样子，但完全感受不到谦逊感。尽管表情在笑，眼睛却很阴沉，给人感觉就像笑面虎一样。

川澄率先走了出去，明明不知道咖啡店的位置，却走在前面。

“那么，那家咖啡店在哪里呢？”

“就是那里，从这可以看到招牌。”律子用手指着不远处说道。

“哎呀，是一家很时尚的店呢。若只有老夫我一个人的话，肯定是不会进的。正好我也想坐下来歇歇，因为从早上开始就一直在走路，腿早就累得不行了。那我们快点过去吧。”

川澄快步走去，进入咖啡店，不等店员引导，直接说了一声“小姐，那边的座位可以坐吧”，然后坐在了一处六人座的席位上。女店员过来点单。

“老夫要冰咖啡。律子小姐呢？”

“美式咖啡。”

“小姐，这里禁烟吗？啊，这样啊，真没办法。对不起，律子小姐，在咖啡上来之前，我先到外面抽根烟。”

川澄走到外面，点燃香烟吸起来。令人意外的是，他竟然随身带着便携烟灰缸，烟灰也全都抖在了烟灰缸里。

等他吸完烟返回座位时，咖啡已经端上来了。

川澄说道，“虽然我也知道自己必须戒烟，可毕竟从十三岁就开始吸了，是个不折不扣的尼古丁中毒者，肺早就变成一团黑了，就和熏肉没两样。医生让我要么戒烟，要么保命，二者选一。于是我回答说要让我不吸烟，还不如要了我的命。哈哈哈……”

川澄自顾自地笑着，但看到律子没笑，便收起了笑容。

虽然他看上去好像很粗糙，但川澄每次都会窥探律子的表情，目光冷静地刺探对方的想法。他应该是个观察力很强的男人，内心一旦出现动摇，一定会被他看穿吧。

“这种事在您听来很无聊吧，是只有三十分钟对吗？因为律子小姐也很忙，我就单刀直入地说了，我来是为了律子小姐的母亲，饭塚町子的事。您自然知道这个人吧。”

川澄看向这边，观察着听到“饭塚町子”这个名字时律子的反应，律子忍住不让情绪表现在脸上。

“不过，为了找到律子小姐，还真是费了我好大的劲呢。因为虽然知道町子有个女儿，可不知道名字。后来终于查到了名字，要说，现在可真是方便啊，只要上网上一搜，基本都会出来。啊，对了，报纸我也看了，还真是气派啊。是叫店铺设计师没错吧，您真是出人头地了呢，一定赚了不少钱吧，好羡慕啊。”

“所以，你找我什么事？”

“欸，寿先生没有告诉您吗？”

“没有……”

“律子小姐在看到我的名片时也没有表现得很吃惊，我还以为一定是您从寿先生那里听说了。”

川澄拿湿毛巾擦了擦脸。

“啊，我差点忘了，现在寿先生和律子小姐是没有互相联系的关系。我好像惹寿先生讨厌了，我分明什么也不会做，寿先生却对我异常警惕。若是知道律子小姐的联络方式的话，告诉我该多好啊。这样的话我也不用费这么大的功夫，调查律子小姐的事。真是绕了好大一个弯。”

川澄轻易地识破了谎言。他目光依旧阴沉，笑着说道：“其实简单来说，就是町子从我们这里借了钱，金额也不是个小数目。然后本人因为还不上逃跑了，住的公寓已经人去楼空。因为那时町子在弹珠店做打扫的工作，所以我们也去了她工作的地方。但得到的回答是，町子没有任何联络就不来了，所以他们也不知道。虽然町子的借款没有担保，但有连保人，所以我们才借了。可谁知这个连保人竟然是假的。”

川澄把冰咖啡的吸管拉到嘴边。

“也不知道她是从哪儿学的这一招，不仅拿着寿先生的驾驶证，还有土地产权证。这些就连专业人士也很难识破是伪造的东西，我们公司的审查部门也完全被骗了。之后居然还逃之夭夭，所以才轮到我出场。”

“所以你找我是——”

“别看我这样，我可是很擅长调查的，可以说是这方面的专业人士，不是我自夸，在我们这行我称第二没有人敢称第一。和我有同等调查能力的，恐怕就只有文春[1]了吧。”

1　文春：《周刊文春》，是日本株式会社文艺春秋发行的一本周刊杂志。以八卦为立刊目标，内容涉及政治问题、经济问题、企业问题、官僚或政治家的献金丑闻、艺人的丑闻、杀人事件等社会事件也屡见报道。——译者注

“请问，川澄先生，你来找我到底是为了什么？”

“律子小姐不知道町子的下落吗？”

“不知道，我们已经有几十年没见了。”

“我想也是这样，因为律子小姐没有藏匿町子的理由。嗯，这可怎么办好呢。律子小姐，您觉得该怎么办？”

“啊？”

“我们公司也很为难，町子到底逃到哪儿去了，我们一点头绪也没有。上面催我催得紧，还说抓住逃跑的人不是你的工作吗？我已经没有退路了，要是拿不出成果的话，一定会丢了饭碗。现在这个社会，要是没了饭碗，该有多辛苦啊。毕竟我没上过几天学，所以，也只能做这个工作，要是文春能雇用我的话就好了。”

“……”

“不过，即使找不到町子，若是有人能代为还款也是可以的。不管是寿先生，还是律子小姐。”

“你是说要我替母亲还债吗？”

“不，律子小姐并没有这个义务。但是，您要是能出于善意偿还债务的话，我们自然也欢迎。”

“我拒绝。”

“果然如此啊，寿先生也拒绝了我。不过，寿先生的话，只怕是有心无力吧。住的地方是租的，店里生意也不好，也没有什么称得上财产的东西。为了供律子小姐读完大学，一定受了不少累吧，真是了不起啊。”

“谈话已经结束了吧，那就请继续加油寻找我母亲的下落吧。”

“等一下，请不要擅自结束对话嘛。作为收款的一方，不论谁来还都是一样的。有能力代替偿还町子借款的人，律子小姐有没有头绪呢？”

“没有。”

“我也不是说全额，因为我们公司原本利息就很高。只要在本金的基础上稍微加一点利息就可以了，这部分我也会看着打个折的，所以还请积极考虑一下。”

“请恕我拒绝，母亲的事和我没有关系。”

“别这么说嘛，那毕竟是十月怀胎生下你的人啊。母女的血缘是斩不断的，即便她是杀人犯。”

川澄的眼神变得尖锐。

“我们这边追查逃跑的町子也很辛苦，真的没有人可以代为偿还借款吗？”

“所以，我不是都说了没有吗！”

“律子小姐或是寿先生都可以，对了，叶惠小姐也可以。是啊，叶惠小姐。她是和你一起上报纸的战友吧，而且好像很有钱的样子。若是找她商量律子小姐的烦恼，她一定会听我说吧。”

“请不要这样。”

“或者幸次先生也可以。他在一家大公司上班吧，即使和律子小姐离婚了，也是美久的父亲。”

“你不要太过分了。”

“再不然的话，美久也是可以的。”

“你在说什么，美久还是个中学生。”

“不过，她长得还真俊俏呢。虽然有些叛逆，但这点反而很吸引人，不如我来教她怎么赚钱吧。”

“你再这样我要去报警了。”

“报警？怎么提到报警了？我做了什么犯法的事吗，我既没有使用暴力，也没有强行胁迫，只是在找可以替町子还款的心地善良的人而已。”

通过这些言行，可以感觉到川澄十分老练。

他或许是黑社会的人，而且对律子的事查得很清楚。

他应该已经察觉到了，律子没有告诉叶惠、幸次和美久自己的母亲是杀人犯的事。换言之，这是赤裸裸的威胁。意思是，如果律子不替町子偿还债务的话，就把这件事告诉那几个人。

而且，面对这种方式的威胁，律子已表现出了强烈的动摇。川澄自然看出来了。

“但是，毕竟事出突然，律子小姐也无法马上答复吧。今天就先回家，泡个热水澡什么的，好好想想吧。已经超过三十分钟了，那今天就先到这里。我过几天还会联系律子小姐的，可以告诉我您的电话号码吗？”

律子虽然不想告诉他，但这样的话他一定会再次找到公司来。没有办法，律子只好告诉了他私人用的电话号码。

“那么，下次见了。”

川澄想要去拿付款单，律子按住单子。

“不用了，这个我来付。”

“是吗，那我就恭敬不如从命了。哎呀，早知道律子小姐请客的话，我就点些更贵的东西了。因为我们公司这种费用是不给报销的，全部都要自掏腰包。”

在回家的电车上，律子抓着吊环，盯着车窗里映照出的自己的身影。

那之后，律子完全无心工作，心情郁闷至极。川澄那十分有特征的声音一直环绕在脑海中，挥之不去。

要怎么办。

要不要把川澄来找她的事告诉寿。但在这件事上，寿恐怕也帮不上忙。即便可以找他倾诉，但在现实层面并没有什么意义。

借款额好像是一千万左右。虽然是很大一笔钱，但律子也不是拿不出来。为了美久的将来，以及应对寿将来万一患病，律子存了一笔钱。可在心理上，她并不想拿出这笔钱。

为什么她还活着？对于町子，律子只有这一种感情。在律子和寿的心中，他们都当作町子已经死了。对叶惠、幸次，还有美久，律子告诉他们自己的母亲死于交通事故，渐渐地她自己也变得深信不疑。

现在最担心的就是川澄接下来的行动，而且他还是那样偏执。

再怎么说，他也是催款专业户。平常面对的都是那种欠债不还，甚至半夜跑路的人。也见惯了撒起谎来眼睛都不眨一下，以及死不认账，反过来对催款人大发雷霆的人。所谓入乡随俗，催款专业户也会自然而然地开始使用不正当的手段。因为如果没有一定的心理承受能力就做不了这一行。

问题是川澄接下来会采取何种行动。

在和律子的对话中，川澄很有可能察觉到了什么。

川澄很擅长找出人的弱点，而抓住对方的弱点就是他的工作。特别是，律子对周围的人隐瞒了自己的母亲是杀人犯，以及绝对不想让人知道这个秘密的事，川澄很有可能已经有所察觉。

不想让叶惠知道。因为不想让叶惠看到她的弱点，但更重要的是，因为律子是“杀人魔町子”的女儿这件事，至今为止她不知受了多少冷眼。若是这件事被公之于众的话，很有可能会损害公司的信誉乃至品牌形象。叶惠一定不会对这种风险置之不理吧，那也就意味着律子在公司的地位会受到威胁。

也不想让幸次知道。因为他正在和自己争夺美久的抚养权，很有可能将这件事当作材料。

当然还有美久。不想让美久知道自己的外婆是杀人犯，何况还是那个轰动一时的“杀人魔町子”。不想让美久变成杀人犯的外孙女，她最好永远都不知道。

川澄应该已经察觉到了律子的这种心理，若是他看破了这个弱点，很可能会紧抓住不放。并以此威胁律子说，如果不替母亲还债的话，就把你是杀人犯的女儿这件事说出去。由于这是事实，因此律子既没有权力阻止，也无法控告他。

要怎么办才好？

川澄再次联系她的话，应该怎么应对？

不能无视他，那种类型的男人，无视是最不可行的。若是那样做了，出于报复，指不定他会做出什么事来。但是律子也绝对不想为了替母亲还债拿出这么多钱来。

那么去咨询律师？不，这种情况律师应该也靠不住。

难道就没有既不让任何人知道自己是杀人犯的女儿这件事，也不用还钱，就可以摆脱川澄的方法吗？

直到电车到站，律子依旧没有得出任何结论。她向公寓的方向走去。

已经过了晚上七点，走到公寓前，律子仰头望向九层，自己的房间没有亮灯。

看来美久还没有回来，大概又去找她的那些朋友了吧。美久的事情也不能再拖了，必须得做点什么，让本人认识到不改变现在的生活是不行的。

美久脑子并不笨。从婴幼儿时期开始，在教育方面她就没有吝啬过。上小学时美久成绩也很好，她只是性格变坏而已，并非是变成了笨蛋。虽然进入中学后成绩一落千丈，但那只是美久没有学习的关系，不是说她做不到。关于这点律子并不担心。

归根结底，律子对女儿的教育终究失败了。

她自己必须明确地认识到这一点。要同时兼顾工作和育儿这两件事非常困难，这点她在离婚的时候就意识到了。即便如此，她还是以为自己可以做到。现在看来，是自己太自负了。

律子在公寓前面停下脚步，叹了口气。

通过自动门时，律子突然注意到，在入口一角，放置灭火器的地方，坐着一个老妇。

是律子并不认识的人。

或许是老年痴呆，在散步的途中忘记家在何处，因为迷路这样的事并非没有听过。老妇穿的衣服很脏，好像穿了很多年，她蹲在地上，弓着背，直勾勾地盯着脚尖。

律子一瞬间打算上前询问，但又立马放弃了。现在的她没有心情担心别人。

这样想的律子径直走了过去，就在她按下电梯按钮时，老妇开口道：“律——子……”好像很多天没有开口说过话一样，声音很沙哑。

律子看向老妇，因为光线不是很明亮的关系，她有些误会了。仔细看的话，对方在六十岁左右，还称不上是老妇的年龄。

女人再次说道：“律子，你是律子吧？”

这次她说得很清楚，律子本能地感到一阵恶寒。

女人站起身，伸了伸弓着的背，然后朝律子走来。

“律子，是我啊，你认不出我吗？”

“……”

“我是妈妈啊，你的妈妈町子。好多年不见，律子竟然长这么大了，还变得这么优秀。我好想你，真的好想你。”

女人踉踉跄跄地靠近。

就在这一刻，律子完全认出来了。这个声音、这张脸……尽管已经过了三十年，她的长相和律子的记忆已经有所差别，但她的确是那个女人。虽然皱纹变多了，脂肪增加了，头发也白了，可她千真万确就是那个女人。

幼时的记忆如潮水般涌出。

案发当日……在全日本被反复播出的那段监控视频里，女人丑恶的嘴脸。这些回忆在脑海中再次苏醒。

女人上前抱住律子，她变小了，比自己还要低一个头。女人的双手就要环上律子的身体。

“不要碰我！”

律子猛地推开女人。

5

“不要碰我！”

律子猛地推开女人。町子虽然踉跄了一下，但没有跌倒。她睁大眼睛看着律子。

令人厌恶的眼神。

无论多么负面的词语，都无法形容那讨厌的眼神。自中学以来，也就是町子被逮捕的那天以来，律子再也没有见过她。已经过去了三十年，但往日的面容依稀可见。尽管身体变老变胖，可那令人生厌的恶劣眼神依旧没变，喝酒过多导致的沙哑嗓音也没有变。

町子身上的香水味传来，时隔多年，她还用着和以前一样的香水。律子想起她是个会过度使用香水的女人。

“律子，是妈妈啊，你的妈妈，你不记得我了吗？”

町子的语气好像在对幼儿园的小朋友说话一样。

“对不起，突然找来，你一定吓到了吧。但你认得出我吧，律子，我一直都很想你。”

恶寒就像电流一般传遍全身，仿佛天地崩塌了一样，律子被一种一切开始走向崩坏的感觉吞噬。

无法呼吸，不想和这个女人呼吸同一片空气。

“我……没有母亲……她已经死了。”律子勉强挤出这句话。

町子像受到了极大打击，双目圆睁。

“是……是啊。现在才来找你，你也很困扰吧，一直没有尽到做母亲的责任……但是，那是误会。妈妈没有杀人，我是被冤枉的，我——”

“不要撒谎了，你这个杀人犯。我已经不是小孩子了，你以为这种谎言还能骗过我吗？不，倒不如说，那种事怎样都无所谓了。总之，不要再跟我说这种话。”

律子一阵颤抖，挠着胳膊。

“事到如今你来干什么？”

“妈妈一直很想见你，我从没有忘记过你。可是寿哥叫我不要见你，为你的将来着想，我也觉得这样最好，所以一直忍着，可我心里一直都是想着你的。”

“你在说什么？真是满嘴谎话。你怎么可能会是那样的人，小时候把我丢在家里，自己去找男人，即便我挨饿好几天，你也完全不在意，不是吗？”

“怎么会呢，这完全是误会，你怎么会这么以为呢。律子，你回想一下，妈妈我——”

町子想要握住律子的手。

“不要碰我！”

律子大声喝止后，町子微微一颤，停下动作。

公寓的自动门打开，有住户走了进来，是住在其他楼层的不认识的人。那人虽然用疑惑的目光看了看町子和律子，但什么也没说，接着走进电梯，电梯门随之关上。

“真是的，要是被认识的人看到了怎么办。快走吧，不要再来找我了。”

“妈妈已经没有地方可去了。”町子轻声说道，然后低下头，呆呆地站着。

律子仔细一看，才发现町子刚才坐着的灭火器旁，有一个旅行用的行李袋。穿着也很寒酸，头发有些脏，脸上浮出油脂，应该好多天没洗过澡了，看上去就像流浪汉。

脑海中浮现出川澄的话，一千万日元的借款，失踪跑路。

要是被川澄抓住的话，这个女人会怎样呢?

律子想象不出来，因为她对高利贷这行知道得不是很多。不过，可以确定的是，要是町子一直赖在公寓门口不走，只会更麻烦。

为什么偏偏是我要遇到这种事……

律子觉得自己快要承受不住了，但她整理了一下心情。

现在最重要的是思考如何应对眼前的事态。这个女人无论怎样，都与她无关，她必须守住自己现在的生活。

首先得了解情况，这个女人现在处于何种状况。但是，她又不想让这个女人进入她的房子。

“跟我来这边。”她瞪着町子说道。

带町子走到公寓附近的家庭餐厅。

町子说自己没有吃晚饭，问她能不能点餐。征求律子许可的意思也就是说町子身上没有带钱。律子说了句“随你”之后，町子点了芝士汉堡、香肠拼盘和饮料的套餐。律子没有吃东西的心情，只点了饮料。

店员走开后，律子开口说道：“我问你，你是怎么知道我的住处的？”

“怎么一上来就质问这种事，我们母女可是时隔三十年未见了。”

“行了，快点回答我。”

町子瘪了瘪嘴。

“我从报纸上看到的。我一眼就认出这是我女儿了，竟然能在报纸上占那么大的版面，我女儿真是出息了，我越想越自豪，便压抑不住想见你的心情……”

“你不是也上过报纸吗，只不过是以罪犯的身份。”

律子这么一说，町子再次瘪起嘴。

“还有，不要再管自己叫妈妈。”

“……”

“也不要再用我的女儿这种说法，我没有拿你当我的母亲，你自己也知道自己没做过什么为人父母的事吧。”

“那也不用这么说吧。”

“与你对我们做的事比起来，这算得了什么。然后呢，你是怎么知道我的住址的？”

“因为报纸上写有你毕业的大学，所以我向那里打电话问的。”

“那可是私人信息，怎么可能轻易告诉你。”

“我自称是邮局的人，说有一个收信人是你的包裹因为住址写得不对被退回来了，请对方告诉我正确的住址，然后对方就告诉我了。”

“啧。”律子不禁咋舌道。

一定是对保护个人信息没什么概念的事务员大妈告诉她的吧。町子很会耍这种小聪明，说谎对她来说就是家常便饭。

“你还是像以前一样靠满嘴谎言活着啊。那你现在住在哪儿？”

“……”

“做什么工作？”

“……”

“从监狱出来后，你在哪儿？做了什么？”

“……”

“原来如此，我明白了。无论是住所、工作，还是出狱后的经历，都回答不上来啊。总之，你没有做什么正经事，这一点我已经明白了。所以你突然来找我，想要做什么？”

町子低下头。

“你要给我们添多少麻烦才甘心？让我们焦躁不安，折磨我们是你的乐趣吗？事先声明，我已经不是软弱无力的小孩了，既不是老好人，也不是善人。我已经受够了被你左右，也不会为了你这种人做些什么。况且我们也算不上什么母女，我的父母只有寿舅舅和已经去世的俊子舅妈。”

“欸，去世了？俊子去世了吗？真是可怜。”

“闭嘴！”

因为律子的大声呵斥，周围的人纷纷看向这边。

店员端来她们点的东西，一看到面前的食物，町子的眼睛就散发出异样的光芒。她拿过刀叉，开始吃汉堡。

难看的吃相。这个女人不管做什么都很难看，无论是写字，还是吃相，没有一件做得好的事。

明明已经过了六十岁，食欲却丝毫不见衰减。几乎不怎么嚼，就直接吞进肚子里。把蔬菜挑出来，只吃着肉。咀嚼的声音让人感到非常不舒服，就连吞咽的声音也十分刺耳。

町子的手上有很多老年斑。律子想，她就是用这双手杀的人。

忽然感到一阵恶心，她压抑住呕吐感。

律子掏出川澄的名片，丢在町子面前。

“这个叫川澄的男人今天来找我了，还去找过寿舅舅。这是怎么回事？你究竟做了什么？”

看到名片的一瞬间，町子马上停止进食，拿着刀叉像静止了一样。可以很明显地看出她在心虚。

“我听说借款金额是一千万日元，这是高利贷吗？从这种地方借了款，还不上钱就跑路，无处可去了才来找我是吗？到底是怎么回事，给我解释清楚。”

“没……”町子含糊地回答道。

町子大概没有料到律子已经知道了欠款的事吧，看样子对于催款人竟然会追到这个地步也有些惊讶。

“这有什么可考虑的，只要说出事实就可以了。为什么要借钱？借来的钱做什么用了？”

因为町子像是在考虑怎么撒谎掩饰，所以律子不想给她时间。

“快点回答我！”

町子开口道，“我是被骗的……”

“被谁？”

“被男人……”

“男人是谁？不要我问一句你就答一句，都说出来啊。”

“我是被南原先生骗了。”

“所以说，南原先生是谁？”

“妈妈在一家弹珠店做打扫的工作，我们就是在那里认识的。他是卡车司机，我们经常一起去喝酒，然后就发展成了那种关系，虽然已经到了这个年纪有点不好意思。”

町子红着脸说。

“然后，他就邀请我说要不要和他一起开一家小酒馆。在那种弹珠店打零工，工资又少，还不知道什么时候会被辞退。妈妈我也吃了很多苦，因为我有前科，所以不管走到哪都不得不隐瞒身份。而且那是冤案，妈妈真的没有想杀人。可是，却被判为杀人罪。”

町子在法庭上，也坚持主张自己没想过杀人。

“那种事情怎样都无所谓。然后呢？”

“然后我们就决定一起开店，但开店不是需要本金吗。于是我们就从那家金融机构借了款，因为南原先生说那里靠得住。”

“那为什么是你借，让那个男人借不就好了？”

“因为南原先生申请过个人破产，所以借不了钱。”

“那你不是也有前科吗？”

“至于这点，是因为南原先生伪装成寿哥，以他的名义做了连保人，而且又伪造了土地方面的证书。不过这些妈妈都不知道，全都是南原先生做的。”

“这不是犯罪吗？”

“的确是这样，但如果不这么做的话，是借不到钱的。律子你不会懂得妈妈的感受的。”

“我也不想懂。”

“可是我们只借了五百万，但那些家伙却说要还一千万，他们这样做不也是犯罪吗。”

“然后呢，那个叫南原的男人呢？”

“逃跑了，就在借完钱的那天，拿着借来的钱。”

“所以你就成了替罪羊。”

“我刚开始也有通过清扫的工作还钱，可是无论怎么还金额依旧没有减少，而且只要还得晚一点，催债的人就会找上门来威逼恐吓。妈妈实在是受不了了，才会跑出来。”

“我说过了，不要再用妈妈这种称呼。”

那个叫南原的男人一定从一开始就计划欺骗町子，才与她发展为男女关系，因为再怎么想都不会有人喜欢上这种年过六十的丑陋的女人，而且南原这个名字大概也不是真名。

“即便这样，逃又有什么用。如果还不起，就只能申请个人破产——”

“律子真是笨蛋，他们可不是那么好对付的，怎么可能让你申请个人破产，到时候妈妈肯定会被杀掉。”

被这种愚蠢的女人称为笨蛋，律子感到非常火大。

“那就被杀掉好了。”

“不要说这么可怕的话嘛。”

“你也说得出口，自己明明是个杀人犯。”

“而且借钱的时候，不是用了伪造的土地产权证吗，这样妈妈反而会被抓的。”

“被抓也是理所当然啊，谁让你做了犯法的事。”

“我可不想再进监狱了。”

“那就不要做犯法的事啊，好好工作，用合法获取的报酬生活，这并不难。”

“啊啊，不要叽叽喳喳说这些了。”

“那你当时借钱的借据在哪儿？对方也是非法的高利贷，利息高得离谱。如果把借据拿给律师看的话，说不定可以将利息减到法定范围以内，这样需要还的钱也会少很多。把借据给我看看。”

“那种东西早就丢掉了，在跑路的时候。”

“丢了！你傻吗？这样一来即便对方伪造假的借据，你也没有可以证明的东西啊。”

“不要说这些法律方面的东西啦，虽然律子读过大学，但妈妈我又不懂。”

“我和你说过多少次了，不要用妈妈这个称呼！”

律子终于忍无可忍，大声怒吼道。

店员好像很担心似的看向这边，律子感到非常羞耻，但町子则一副完全不在意的样子。在两人说话的过程中，町子也一直在吃，不知什么时候已经吃完了。

“律子，可以吃甜点吗？”

“你还要吃吗？这种时候你还能吃得下，真是佩服。如果是我的话，肯定会难以下咽。”

无视律子的嘲讽，町子喊来店员说道：“店员，这个芝士蛋糕，再来三个。”

“三个！”律子咂嘴道。

店员端上三个芝士蛋糕后，町子狼吞虎咽般地吃起来。只要一开吃，手和嘴就不会停下来。右手拿叉子的姿势很奇怪，与其说是拿，不如说更像是攥在手中，如同大猩猩的拿法一样。

“那你现在手上有多少钱？”

“大概只有八百日元。”

“那你接下来打算怎么办？”

町子停下手上的动作。

“律子，可以让我在你家住一段时间吗？”

“别开玩笑了。”

“我没开玩笑啊……”

“说什么很想我，根本就是谎言。明明就是没钱花了，又无处可去，然后碰巧在报纸上看到我，才找上门来的不是吗？”

律子瞪向正吃着芝士蛋糕的町子。但町子完全不在意，只是不停地将蛋糕送进嘴里，根本没怎么品尝。

现在该怎么办?

给川澄打电话，把町子交给他也是可以的。对于这种做法本身，律子并不会有罪恶感。如果这样可以解决问题的话，她会毫不犹豫地这样做。

可问题在于，即便把町子交给川澄，町子也没有偿还能力，川澄当然是想让有支付能力的人来偿还。现在与町子有关系的人当中，具有偿还能力的只有律子一人。

川澄一定会盯上律子，而且川澄十有八九已经掌握了她的弱点，就是律子向周围的人隐瞒了自己是杀人犯的女儿这件事。若是他以这件事为要挟，自己大概只能屈服。

归根到底，最妥当的解决办法就是找一位律师，请律师计算出正当的偿还金额，然后由律子偿还。然而，一想到川澄和町子大概早已认准律子一定会这么做，她就止不住怒火上涌。

到底应不应该联系川澄。因为纠结，律子的手心出了汗。

她感到异常后悔。

早知道就不该上那种报纸，是自己大意了。如果登上报纸，以前认识律子的人，也就是知道律子是“杀人魔町子”的女儿的人，很有可能会认出她。自己为何现在才发觉这种可能性呢?

不，其实她已经察觉到了。可是一切都太突然了，叶惠事前完全没有和她打招呼，记者忽然来到公司，她根本没有时间拒绝就开始了采访。叶惠大概是觉得依照律子的性格，提前商量的话，律子一定会因为怕麻烦而拒绝。来采访的记者突然对她说“请站在那边”，她还没反应过来，记者就拍下了她和叶惠两人并肩站着的照片。律子只是穿着平时的衣服，但叶惠却提前去了美容院并化了精致的妆容。

那个时候，她心头一瞬间闪过了这种可能性。但毕竟已经过去了三十年，她想着应该没事吧，于是并没有深究。

至今为止，因为自己是杀人犯的女儿，受到了数不尽的苦难以及差别对待。而律子的工作是与客人打交道的，这件事一旦暴露，客人急剧减少不可避免。而且为了美久的将来，她也想远离町子。

但是，即便放町子走，这个女人现在能依靠的也只有自己。若是她赖在公寓门口就麻烦了，更别说找来公司，那简直是噩梦。可即便如此，她也绝不想让町子住进自己家，也不想让她去找寿舅舅。舅妈去世后，过了这么久，寿终于平静下来了，不能让町子去打扰他。

到底要怎么做才能圆满解决眼前的状况？

自己拼搏至今积攒起来的东西，这个女人没有权利破坏。

唯独这个女人，她绝不原谅。不能让这个女人侵犯我的世界。

町子吃完蛋糕，拿餐巾纸擦着嘴，动作令人厌恶。

明明是个杀人犯，这个女人却丝毫没有罪恶感，也根本没有反省自己犯下的罪过。一想到自己竟然和这种人有血缘关系，律子就有想死的冲动。

律子说道：“我说……”

“嗯？”町子看向这边。

“因为你的关系，你知道我还有寿舅舅、俊子舅妈受了世人多少冷眼吗？”

“……”

“你刚才说你也吃了很多苦，但那纯粹是你自作自受，我们才是真正的受害者。因为你失去了多少东西，为了弥补这一负差，需要付出多少努力，你明白吗？算了，你怎么可能明白，如果你有那种觉悟的话，也就不会成为这样的人了。”

律子打开钱包，里面大概有八万日元。她全部拿出来，将其丢在町子面前。

“都给你了，拿着这些钱，从我眼前消失。本来的话，我也可以现在就把川澄叫来，把你交给他……这是我最后的恩情了，拿着这些钱，消失得越远越好，无论是冲绳或北海道都可以。然后永远不要再出现在我和寿舅舅面前。”

律子站起身。

“要是再出现在我眼前，别怪我不客气……”

町子盯着放在眼前的现金。律子拿起账单，用信用卡结完账，头也不回地走出店门。

6

律子走出家庭餐厅，快步向公寓走去。

自中学之后，时隔几十年见到了母亲。虽然依稀可见往日的面容，但说实话，她依旧难以将其与以前联系起来。

回想起来，三十年前那个女人也年轻过，可现在不过是一个既没学识，还一副落魄样的老女人。甚至没有意识到自己难看的样子，真是个悲惨的女人。无论任谁来看都是人生的落败者，谁也不会想成为她那样的人吧。

如果将污秽放置不管的话，就会变成污迹，想要清除都难。将恶臭放置不管的话，气味就会渗入，再难去除。那个女人完全不将自身的污秽当成污秽，一直将其放任不管。因此变成污渍的污秽以及恶臭，已经深深附着在脸上、身上，由内向外散发，令人作呕。

已经过了八点，律子边想边匆忙往家走。

刚好转过路口，可以看到公寓入口处时，忽然看到两个人影，不禁停下脚步。

律子躲在电线杆后面。

两人并肩朝这边走来，其中一个是美久，而她旁边是一个和他差不多高的男孩子。男孩的声音传来。

“哇，这里就是美久住的公寓啊，好高，有几层啊？”

“十三层。”

“那美久的家在几层？”

“九层。”

“原来美久家这么有钱，和我家的破房子完全不一样。”男孩仰头看着公寓，笑着说道。

美久说：“其实你不用特意送我回来的。”

“很危险吧，让一个中学女孩子这么晚回家的话。”

“没事的，才八点而已，至今为止也没遇到过什么危险的事。”

“就算至今为止没遇到过，也不能保证今后不会遇到吧。若是被坏人缠上怎么办啊。你是我的好朋友，我当然要保护你了。”

“明明打架弱得要死。”

“呃……”

“和五中的那帮家伙打架时，我可听说你是最先被打趴下的那个。”

“是啊，我的确很弱。可是，凭借我这么轻快的步伐，拖延时间让美久先逃跑还是做得到的。你就趁这个时间赶快去报警，让警察来救我。”

“感觉好靠不住啊。”

“嘿嘿嘿。”

男孩露出害羞的笑容后，美久也跟着笑了。

男孩穿着美久就读的公立中学的夹克制服，但领带系得很随便，衬衫也没有收进裤子里，头发上还抹了校规明令禁止的发蜡。尽管打扮得有点儿像不良少年，但看脸的话不像是会做坏事的孩子。给人的感觉更像是模仿了洋气外表的土包子。

面孔也是稚气未脱，还是小男生的样子。脸颊有点婴儿肥，长得很可爱的。估计在班级里应该是那种喜欢开玩笑，很会活跃气氛的人。

两个人站在公寓前说了好一会儿话。

美久很平常地交谈着，也会露出笑容。尽管是这么一点小事，律子还是受到了不小的打击。

美久这种自然的表情，她已经许久未见了。当然她也知道，美久对待自己和对待学校朋友的态度有所差异，但这还是她第一次亲眼看见这种情景，因为差距过于悬殊，她甚至有些难以置信。

“那明天见了。不要迟到，要是迟到太多次的话，会留级的哟。”

“拜拜。”美久说道。

说完，美久转身走进公寓。男孩笑着向她挥手道别，直到看着美久进入电梯。

目送完美久后，男孩把手叉进裤兜，向这边走来。

“啊，是猫！”

男孩掏出手机，正要蹲下拍照时，野猫立马警惕地逃走了。

“啊，等等，为什么要逃呢？”

男孩目送野猫跑远，但依旧兴致勃勃地向这边走来。

律子从电线杆后面走出来，出声说道：“喂，你。”

“啊！”男孩夸张地表现出吃惊的样子，缩起身体，看来他胆子很小。

“吓我一跳，有……有事吗？阿姨。”

“你是二中的学生吧，叫什么名字？”

“欸，我吗？我叫树季。”

“怎么写？”

“阿姨你是谁啊？”

“我是美久的妈妈，新山律子，律是法律的律。”

“欸，啊，美久的妈妈？失……失礼了。俺，不，我叫藏本树季。宝藏的藏，书本的本，大树的树，还有季节的季。”

“藏本树季啊，请多关照。”

“不，我才是，请多关照。”

男孩刚刚还把手插在裤兜里，但马上取了出来端正姿势，又急忙把衬衫下摆收进裤腰。

“不是，那个，我平常都是好好穿衣服的。不过今天，怎么说呢，为了稍微装一下酷……嘿嘿。”

男孩露出撒娇一般的笑容，是那种在备受宠溺的家庭环境中长大，以为只要笑一下就能蒙混过关、得到原谅的笑脸。

他家境应该不富裕，脚上穿的皮鞋破破烂烂，鞋带已经开线了，皮革也因为磨损向上翻起，制服也像是别人穿剩下的。

“树季和美久关系很好吗？”

“啊……是的。”

“刚才听你说你在保护美久。”

“啊，您听到了呀。真是让您见笑了……嘿嘿。那个，那我重新自我介绍一下，我就是美久的好朋友藏本树季，不过还在考验期就是了。”

“好朋友？考验期？”

“是的，从去年开始我就希望和美久成为好朋友，但都被她拒绝了，终于在不久前，美久说可以尝试和我做好朋友。”

“坚持了一年都没有放弃，还真厉害啊。”

“在毅力这方面我还是比较有自信的……嘿嘿。”

笑脸完全是小孩子，害羞时嘿嘿笑已经变成了习惯。

“你为什么想和美久成为朋友？”

“嗯……那个，因为她的笑容很可爱。”

“笑容？”

“是啊，平常虽然有些傲娇，可偶尔笑的时候，会露出非常可爱的笑脸，不是吗？”

美久的笑脸，律子也是很久没看到了。

“那美久会在什么时候露出笑容？”

“什么时候吗？比如有人开玩笑的时候，或者不小心绊倒的时候……”

“她会因为这种事笑啊，那她在学校是什么样子？”

“就很普通啊，我反而想知道美久在家是什么样子啊？”

“在家的时候……很普通吧。”

突然有一阵无力感，律子勉强微笑了一下。看到律子的笑容，树季也回应着笑了一下。

“树季，可以拜托你一件事吗？”

“可以，敬请吩咐。”

“你能每天早上来接美久上学吗？我每天八点之前就得出门上班，要是树季来接美久的话，她应该会好好去上学的。从这里出发的话，在八点十分之前出门，就能赶上上课的时间。不过来这边接美久的话，树季可能需要早起。”

“啊，好的，没问题。如果是这件事的话，请包在我身上，我会负起责任，每天按时把美久带去学校。”

和树季分别后，律子进了公寓。

回这里的时候，因为见到町子的事，她明明窝了一肚子火。现在被树季的笑容治愈，感觉负面情绪一下子烟消云散了。

走进电梯，上到九层。

拿出钥匙开门，进入房间。美久好像在厨房，应该在做晚饭。

两人是分开吃晚饭的。律子晚上回家的时间不固定，而且基本都是在外面吃完再回来。至于美久，因为需要吃晚饭，所以律子会多给她一些零花钱。出乎意料的是，美久经常会买菜回来自己做。

两人不在一起吃饭，即便律子做了饭，美久也会端到自己房间去吃，不会和她坐在同一张桌子上。

律子打开厨房的门，站在厨房的美久立马表现出冷漠的神色，好像在说，不要回来。

若是平常，律子一回到家，美久就会进入自己的房间。但因为今天还在做饭，不能做到一半就回去，所以表现出很烦躁的样子。

美久在烧开水，好像是要煮乌冬面。

“我回来了。”

律子说道，当然不会有人回应她。

“你在做什么？”即使问了，美久依旧没有反应，甚至都不看她一眼。

她的表情和与树季说话时简直判若两人，变得非常冷酷。知道美久不是对所有人都紧闭心扉，在松了一口气的同时，律子也明白了原来美久只对自己采取这种态度，这让她很受打击。

美久在自己面前，已经不会再表露真心了。

这点她其实已经明白。两人的母女关系已经完全崩坏了，不只是出现裂痕的程度，而是支离破碎。

近十年来，律子一直很忙。

她想得到更加富足的生活，想彻底颠覆因为是杀人犯的女儿而受到蔑视的人生，想让因为自己是女人就看扁她的前公司的那群人刮目相看，想让寿夫妇过上更好的生活。这些努力也是为了美久。

自己明明这么努力，为什么要接受美久的冷脸对待呢？

律子怎么也不明白。自己对美久做了什么错事吗？她伤害过美久的尊严吗？因为不觉得自己做错过，所以她将自己当成了受害者，对美久的怨气也与日俱增。她甚至还产生过美久是天生的施虐者这种想法，也就是说美久仅仅是为了看到母亲痛苦的样子，所以才毫无理由地伤害她。

但不知为何，律子开始觉得，美久自身会不会也不太清楚，不是因为有明确的原因才会变成这样，但就是觉得母亲的一切行为让她不接受。她是否是这种心情呢？

若果真如此的话，或许两个人分开生活才是最好的选择。

看到和树季说话时，美久发自内心的自然的表情，律子便有了这种想法。

如果和律子在一起，只会让美久的心更加冰冷的话。如果美久离开律子就能幸福的话，那就分开吧。她希望美久过得快乐。

若是照这样下去，美久的学业只会越来越落后，这一阶段的落后会对今后的人生造成很大的影响。最重要的是，照这个趋势，感觉美久会变成町子那样的人，这让律子非常害怕。

美久背对着律子，依旧专注地做着料理。

律子坐在餐桌的椅子上，朝着美久说道："美久，可以听我说几句话吗？"

"……"

"你爸爸决定再婚了，对方好像是和我相同年纪的女性。"

"……"

"然后，他说想把你接过去一起生活。你和爸爸已经很久没见了吧，虽然也有他去海外赴任的关系，可爸爸他一直很想见你。不过，因为我，才一直没有让你们见面。"

"……"

"爸爸他也知道一些美久的现状，包括美久没有去学校的事。关于这点，他觉得是妈妈造成的，所以才想把你接过去，换一个环境。

而且和他再婚的那位女性好像也很欢迎美久。”

虽然美久依旧背对着律子，但她已经停下了手上的动作，可以感觉到她在听律子说话。

“我也很担心美久现在的状况，考虑到高中升学，也必须要加紧学习了，像现在这样迟到、旷课是不行的。美久自己其实也明白这样下去是不行的吧？可就算心里明白，也很难做出改变，只能每天浑浑噩噩地向着轻松的方向逃避，是这样吧？说实话，妈妈已经不知道该怎么办才好了，你又不肯和我说话。”

“……”

“我已经束手无策了，我投降。”

多亏了树季，律子见到了美久自然的感情流露，听到了她自然的声音。

律子终于知道了，至今为止在自己眼中仿佛是无法沟通的外星人一样的美久，只是一个再普通不过的女孩子。领悟到这一点的时候，她感到如释重负。也因为这个，她得以脱离母女的立场，把美久视为一个有着自己思想的独立个体来看待。

不过就是这么简单的事，为何自己至今一直都没能做到呢，她甚至感到有些不可思议。

“美久，你想要怎么做？你应该明白自己的现状吧，你将来的梦想是什么？十年后，二十年后，你想成为怎样的人？不用告诉我也可以，只要你自己心中有具体的想法就行。在此基础上，为了实现梦想，待在适合的环境中才是最重要的。如果你思考过后觉得去爸爸那边更合适，那么也没关系，当然你也可以继续留在这里。如果有什么我能帮上忙的，我会尽全力协助。或许听上去有些假，或许你会觉得我只是嘴上说说而已，但我真的很爱你。”

泪水涌上眼眶，律子拼命忍住不让泪水掉落。

“虽然这么说有些庸俗，但你毕竟是我十月怀胎生下的孩子。有的时候……真的只是有时候，我也觉得你很可气。但你是特别的，是和我血肉相连、无可替代的存在。所以如果是为了你好，我什么事都愿意做。”

律子拭去眼角的泪水。

“我啊，想变成富有的人，因为一直过着贫穷的生活。想变成有钱人，吃好吃的东西，穿漂亮的衣服，住在大房子里。想对寿舅舅，还有过世的俊子舅妈尽孝心，所以我拼命学习，拼命工作。也想给美久创造一个好的教育环境，所以我给你安排了很多幼儿教育，还读了很多书给你听。或许在你看来那只是负担，你爸爸也说我做得有些过头了，可是你在将来拥有自己的梦想时，为了让梦想成为现实，我觉得有必要让你掌握基础的知识和学习能力。为了得到这些，必须变得更加富有。所以我不顾一切地努力奋斗，即使牺牲了一切。但这样做到底对不对，时至今日我也有些不明白了。”

回首过往，律子心中既有一种自己一路拼搏过来的骄傲，也有一种是否太过自命不凡的后悔，两种感情五五参半。

“美久想怎么做？要和爸爸见一次面吗？当然也要取决于爸爸的再婚对象是个什么样的人。”律子问美久道。

等了一会儿，美久才回答道："我哪边都行。"

美久只说了这么一句，就将煮好的乌冬面装进碗里，把晚饭放在托盘上，端进自己的房间。

7

那之后又过去了一周。

律子在早上七点五十分准时出门，下了电梯。

在公寓前看到树季的身影，他手中拿着英语单词本，最近好像正值期中测试期间。

制服的衬衫下摆规规整整地收进裤腰，尽管领带有些歪斜，但那只是单纯的因为他不太会系罢了。可以明显地感到树季的用心，那就是在美久的母亲面前，决不表现出邋遢的样子。就连这种地方，也让人觉得很可爱。

“早啊。”律子打招呼道。

“啊，早上好。”

“在记英语单词吗？”

“是的，因为今天有考试……嘿嘿。”

自那天以后，树季每天早上的这个时候都会出现在公寓前。美久八点左右就会出来，然后两人一起去学校。律子打电话向学校确认过，这一周，美久都没有旷课。

不仅如此，放学后，两人还会一起到当地的图书馆自习，一直待到七点的闭馆时间，之后树季会把美久送回家。

美久虽然依旧不和律子说话，但可以感觉到她的表情变得柔和了。面对律子时不会像以前那样绷紧神经，也不再表现出露骨的反抗态度。大概是有了树季这个好朋友之后，心思转移到了外面的世界，觉得母亲的事已经无所谓了吧。

和女儿的关系开始出现缓和的迹象，这是一个好的征兆。

“这个给树季。”律子将手中的纸袋递过去。

“嗯，这是什么？”

树季接过纸袋，朝里面看了一眼，然后从袋中取出一个盒子。

“是鞋子，这是我给你的礼物。”

“哎，给我的吗？”

“嗯。”

“但为什么啊？今天又不是我的生日。”

“是对你一直接送美久的谢礼。”

树季打开盒子，拿起里面崭新的皮鞋，那是价值一万两千日元的名牌鞋子。

“哇，看起来好贵的样子。这个，我真的可以收下吗？”

“是啊，因为你的鞋子好像很旧了。”

“这是哥哥穿剩下的，给我的时候就已经开了洞。因为我家很穷，所以买不起新鞋。”

“尺码怎么样？我买的稍微大了些，想着你还是长个子的时候。”

树季马上脱下脚上的鞋子，换上新鞋。

“哇，好棒，很合适欸，谢谢。”

树季满脸笑容地说道，喜悦之情坦率地表现在脸上，感谢的话语也会直接说出口。高兴的样子就像摇着尾巴的小型犬一样。

“那美久就拜托你了。”

“好的，路上小心慢走。”

“呵呵。”律子忍不住笑了。树季有时会冒出奇怪的敬语，但这点也很可爱。

像这样，每天上班之前和树季聊一会儿天成了律子的惯例。不知何时，律子发现自己开始变得期待早晨这短暂的时间。

虽然为时尚早，但律子还是不由得想象着树季和美久在几年后开始正式交往，甚至将来结婚的样子。

距离町子出现，已经过去了一周，自那之后什么都没有发生。

幸次也没有再联系她。看美久的样子，好像并没有特别想去幸次那边的意思，因此抚养权问题就这样搁置下来。私生活的稳定对工作也产生了良好的影响，感觉工作顺利了很多。律子祈祷着可以一直这样安稳地过下去。

然而，现实当然不会那么顺利。

步行到车站，乘电车来到公司，刚进入办公室，律子突然停下脚步。

因为叶惠在办公室。叶惠基本都是下午才来上班，晚上会待到很晚，一大早就在公司实属罕见。

叶惠的表情很严肃，虽然不像是生气，但似乎在焦虑什么，已认识她多年的律子可以看出来。

“早。”律子说道。

“律子，我有事要问你。”叶惠说道，然后将律子带到空闲的会议室。

“怎么了？”

叶惠双手抱臂道：“昨天，律子回去之后，有一个男人找来公司，就是这个人。”

叶惠拿出名片给律子看，是红花金融，川澄吾郎的名片。

“是个关西口音很重的可疑男人，打扮也很邋遢，自称是金融机构的调查员。律子，你认识这个人吗？”

律子不知怎么回答，轻微地歪了歪头。虽然没想过欺骗叶惠，但还是装成不知道的样子。

律子问道：“那个男人说什么了？”

“他给我看了一张照片，是一个将要步入老年的肥胖女人，年龄在六十岁左右，他问我认不认识这个女人。”

“你怎么回答的？”

“因为不认识，我就直接那么回答了。听川澄说，那个女人从他们公司借了钱，然后跑路了。我问他为什么找到这里来，他说因为这个女人是律子的亲戚。不过他也说了律子并不是连保人，所以没有偿还义务。”

叶惠一直看着律子的眼睛，不放过她的任何一个表情。那个眼神非常锐利，律子不由得有些心虚。

“律子，你认识那个女人吧，她是谁？”

“嗯。”律子脑筋快速转动，思考怎么蒙混过去，“大概是已经去世的俊子舅妈的亲戚，我也不是很清楚。”

“那她叫什么名字？”

“名字，叫什么来着，有些想不起来了。问寿舅舅的话，他应该知道。”

“可是，那个叫川澄的男人，比起照片上的女人，似乎更加关心律子的事。他问了我很多关于你的事，不仅是在公司里的情况，还有家人、经历、出身这些。当然我什么也没有告诉他。”

叶惠只要说出川澄这个名字，就会表现出厌恶的神情，似乎连名字都不想提。重度吸烟者、外表邋遢、没有教养的男人，是叶惠最忍受不了的类型。

“这个叫红花金融的地方，是放高利贷的吧？会雇用川澄那种男人，肯定不是什么正经的公司。总之那男人非常可疑，不知道是不是很久没洗澡了，身上还有一股臭味。律子，我再问你一次，真的没有问题吧？”

“嗯，实际上那个叫川澄的男人也来找过我。但虽说是亲戚，我也不太熟，而且已经很长时间没见了。我这么告诉川澄后，他就回去了。”

“也就是说，他又去而复返了？而且，为什么是来找我？难道他以为律子知道那个女人的下落，把人藏起来了？”

“这个我就不清楚了。”

“那个男人可能还会去律子的住所附近打听。不过，既然他自己也说了律子没有偿还义务，所以应该没什么问题。但一旦有情况，一定要和我说。即便自己没有过错，有时也会被卷入麻烦中。公司才刚有了些名气，现在对我们来说可是很重要的时期。”

“嗯。”

“那就好。昨天听完这件事后，我总有种不好的感觉。因为太过在意，昨天晚上都没有睡好，所以才会一大早到公司，直接来问你。如果那个人再来的话，我就叫前台把他赶回去。”

上午十一点，律子的电话响了。

是幸次打来的。因为正好是休息时间，律子接了电话。

“喂。”

“啊，律子，现在讲电话方便吗？”

“嗯。”

“那个，就在刚才，有个奇怪的男人来我公司了。”

“奇怪的男人？”律子心里一惊。

“男人叫川澄吾郎，说是什么红花金融的调查员，有一口浓重的关西口音，你认识他吗？”

“……嗯，然后呢，他说什么了？”

“他给我看了一张照片，虽然还算不上老奶奶，但是是一个肥胖的女人，年龄大概六十多岁。他问我认不认识这个女人。”

内容和刚才叶惠告诉她的一样。

“这是怎么回事，那人还说女人是你的亲戚，借完钱后跑路了。她是谁啊？”

“大概是俊子舅妈的亲戚。”再次说了谎，“好像是个经常惹事的人，我也不知道为什么会找到我这里来，可能是在借钱的时候，说了我的名字吧。”

“原来是这样啊。那人也说了你没有偿还义务，所以我也觉得和你没关系。但那个一口关西方言的男人，缠着我问了很多律子的事，像是现在的生活状况，还有你父母的事。”

“那你怎么说的？”

“当然什么也没说啊，因为感觉很麻烦，我只和他说离婚以后再没见过你。”

“是吗？”

“总之那个男人脸皮很厚，给人感觉很不好。就像杂志周刊的记者一样，刨根问底似的问你的事情。我还以为你卷进什么麻烦里了，有点担心，所以打电话给你。”

“那还真是感谢，但这件事和幸次无关。”

“也不是完全没有关系吧，我是你的前夫，而且美久还和你一起生活。”

前夫是个很爱操心的人，即使晚上回家晚一点，也会打电话过来。

幸次说道：“我也真是服了，那个男人大摇大摆地走进我们公司，还大声喊着‘新山律子的前夫在不在’。他难道没有羞耻心这个概念吗。”

“对不起，给你添麻烦了，关于这点我道歉。”

“不过，没什么事就好，我也放心了。顺带问一句，前段时间和你说的事，你和美久说了吗？”

“嗯。”

“美久怎么说？”

“她说哪边都行。”

“什么叫哪边都行啊？”

“我怎么知道，她就是这么说的。我告诉美久你要再婚了，而且有把她接过去生活的想法。所以今后既可以待在我的身边，也可以选择去你那里，然后她就回答说哪边都行。”

说心里话，她想先把这件事放一放。树季出现之后，两人的关系开始发生了变化，所以她想先这样观察一段时间。

“不过，你已经和美久说了就好。那下次，找个时间我们三个人见一次吧，到时我再和美久说一下——”

“啊，对不起，有客人来了，我得去忙了。再见。”

“啊，等等。”

律子说谎挂掉电话，把手机装进口袋。

然后深深地叹了口气。

这下子川澄的意图便显而易见了。虽然也想过那个男人不会这么轻易罢休，但他的行动还是超出了律子的想象。

通过接触叶惠还有幸次，想必他已经确定了律子隐瞒了自己是“杀人魔町子”的女儿的事。之后肯定会以此为把柄勒索律子，他目前在做的就是向律子身边的人打听情况，借此向律子施加压力。这样下去，他很有可能还会接触美久。而且近期川澄应该就会联系她。

从结果来看，川澄的这一尝试很成功，因为律子的确感受到了威胁。

因为是杀人犯的女儿而备受蔑视的经历给她留下的巨大心理阴影，至今仍鲜明地存在于她的记忆中。因为那次事件，律子被迫转学，寿也不得不从公司辞职。即使改为新山的姓氏之后，他们也搬了好几次家，每搬一次经济状况就会恶化。虽然那件事已逐渐被人淡忘，可他们仍然要低调地活着。

要是替町子偿还借款就能息事宁人的话，索性出钱也可以。但是，即使拿了钱，也无法保证事情就会到此结束。川澄这种男人根本无法信任，有一就有二，一旦向他屈服一次，很有可能会无休止地遭受他的勒索。

现在有三种选择。第一，偿还借款。只是今后会有继续遭受勒索的风险。第二，抓住町子，然后交给川澄。只是，因为町子不具备偿还能力，所以这样做大概也无济于事。第三，继续无视川澄。但不知道被激怒的川澄会做出什么事。

那么干脆自己说出来怎么样。向叶惠、幸次，还有美久，说出自己就是“杀人魔町子”的女儿……

不，她开不了口。这样她的一切就都完了。

川澄在这方面可谓非常精明，他准确地找到了律子的弱点所在，也已经看透律子内心的想法。

身体止不住颤抖，律子的人生总是这样。眼看有好的迹象时，一定会出现阻碍，而那个阻碍必定是町子。

律子完全无法投入工作，她不像叶惠那样可以快速进行切换。在感到威胁的同时，心底涌出了强烈的怒火。身体的颤抖是因为怒火，还是因为内心的不安，她自己也分不清了。可是，她也知道逃避不是办法。

律子拿出川澄的名片，拨通名片上的号码，电话很快就通了。

“您好，我是红花金融的川澄吾郎，请问是哪位？”

“我是新山律子。”

“哦，这还真是，原来是律子小姐啊。哎呀，还真是意外呀。前几天受您关照了，感谢您专程来电。”

“川澄先生，你到底是什么意思？”

“您说什么意思是指？”

“不要装傻了，你不是在四处打听我的事吗？包括我的公司，还有我前夫那里——”

“我这样做给您添什么麻烦了吗？”

“那还用说吗，你到底想做什么？”

“哎哟，那还真是对不住。为了不给您添麻烦，我已经尽量保持礼貌了，可谁让我这个人没什么学识，出身也不好，就是个贫民街出来的小混混，所以对上流社会的礼仪，可谓是一窍不通。”

“你的出身和我有什么关系。”

“所以我并没有恶意，给您添了麻烦的事我道歉，对不住了。今后我会注意的，请原谅我吧。”

“你这样也太过分了，今后还请注意，不然的话我就联系你们总公司。”

“啊，请千万不要。要是总社知道的话，就又得写检讨书了，还会受到降薪处分，要是工资再减下去的话，我可就吃不起饭了。吃不起饭还好，没有买烟和买酒的钱真的很让人头疼。求您了，请原谅我吧。”

“总之，今后不要再缠着我——”

“但是啊，律子小姐，我也很辛苦的，你站在我的立场上想一下，我不可能两手空空地回去吧。既然上头命令我把町子抓回去，那么即使拿命来换，我也得把她带回去，这就是我的工作。只是一句没找到人，上头是饶不了我的，我可不想和好不容易陪我到这把年纪的小拇指说再见。况且，我也不想被那帮年轻的家伙揍个半死。”

“所以说，这和我有什么关系？”

“町子是个嗜钱如命的女人，只要遇上看起来很有钱而且亲切的人，就一定会开口借钱，所以我想她会不会到处在向律子小姐认识的人借钱。因此我去见了叶惠小姐还有幸次先生，但遗憾的是白跑了一趟。我还在想下次要不要去问问美久的班主任——”

“你在想什么，请不要这样！”

“其实这种人还挺多的，就是向孩子的班主任借钱的父母，因为觉得做老师的都是善良的人，所以可能会借给自己钱。不过，能借成功的例子少之又少就是了，但还是有抱着尝试的心态去借的人。”

“请你不要这样。”

“不过，律子小姐，我心里有数的，您请放心吧。律子小姐就是那个有名的‘杀人魔町子’的女儿的事，我无论如何也不会说出去的。给您添了麻烦的事我道歉，真是对不起了。今后我会注意的，就饶过我吧。”

“……”

“啊，顺带问一句，您女儿美久知道这件事吗？就是自己身上流淌着杀人犯的血液这件事。”

“……”

“还是算了吧，我也不问了。不过，我还有一件事想顺便麻烦律子小姐。您知道有谁可以代替町子偿还借款吗？就是那种有很多钱，可以替别人承担债务的好心人。”

“怎么可能会有那种人！”

“也是啊，怎么可能会有这样的人。哎呀，这下可难办了，又找不到町子，该怎么办才好呢。”

“总之，以后请不要纠缠我身边的人。”

“那可不行。”川澄的声音尖锐起来，“我好歹也是专业催债的，不是都说了不能两手空空地回去吗。在拿到钱之前我不可能回去，我也是赌上了性命在做这行的。这样下去我只能不择手段了，毕竟辛苦了这么些天，到现在什么成果都没有得到。”

“我要报警了！”

“尽管去报吧，我有自信没有做触犯法律的事，我们做的是合法的营生。就算这段对话被录音了，也完全没有关系。虽说我没有学识，但关于这方面的法律还是知道一点的。”

“我要告你损害名誉。”

“那就去吧，这种东西有何可怕，我可是催款的，要是一味地看人脸色行事，怎么做得下去。再说了，这根本就不构成损害名誉罪，因为律子小姐是‘杀人魔町子’的女儿这件事是事实，我只是在陈述事实而已，有错吗？您要是想报复我，那也没关系。不过，事先声明，我不会坐以待毙。以牙还牙，这才是合乎情理的做法吧。”

“……”

“我想近期我们还会见面的，到时请多关照了。可能还得给您添麻烦，我在这先道歉了，抱歉，抱歉。那么，再见。”

说完，川澄挂了电话。

8

下了电车，走出检票口。

在车站附近的药店买了感冒药和胃药，以及几样营养辅助食品。走出店门时律子忽然感到全身无力，在原地缓了好一会儿。

现在才下午五点。

比平常下班回家的时间早了许多，因为完全无法集中精力工作，律子借口身体不适提早下班了。

应该如何应对眼前这种情况呢？咨询律师，寻求法律方面的解决途径也是一种方法，但想必没有那么容易。因为自己没有偿还义务，所以无论川澄说什么，只要坐视不管就可以了。可律子担心的是，若因此惹怒川澄，将自己的秘密公之于众的话，她的人生就完了。

而且，律子全然没有自信能赢过那个川澄。

两方相争时，总是无所畏惧的一方会取得胜利。在这场争执中，与律子有必须保护的东西相比，川澄没有任何可以失去的东西。所以说川澄更占优势，律子是赢不了他的，通过刚才那通电话她充分认识到了这点。

步行回到公寓，坐上电梯。美久应该还没有回来，最近她都是在图书馆学习到七点再回家。

走到房门前，拿出钥匙开门。

突然，她感觉身后似乎有人。

接着她的后背就被推了一下，身体不由得歪到一旁。

律子回过头去，就看到了町子的脸。

脸上是半笑不笑的令人作呕的表情。

町子握住门把，猛地打开门。

“欢迎回来，律子。今天回来得真早啊，我一直在等你。”

町子快速脱掉鞋子，进入房间。

“等一下！”

“哎呀，好大的房子，果然收拾得很干净，不愧是律子。”

町子发出咚咚咚的脚步声，走进客厅，身上浓烈的香水味顿时弥漫在整个房间。

“我没说你可以进来，快点出去。”

“好冷淡啊，别这么说嘛，我们可是母女啊。”

“住口，快点出去！”

町子自顾自地打开冰箱。

“啊，口好渴啊，有酒吗？没有啊，那就果汁吧。”

町子拿出盒果汁，插上吸管喝了起来，之后坐到餐桌旁的椅子上。

“啊，累死了，腰好痛啊，妈妈从中午就一直在电梯旁等着律子回来。”

“我没有问你这种事，快点出去。”

町子自顾自地用吸管吸着果汁，她完全不看律子的眼睛，明显打算赖着不走。

“算了，我直接报警了，请警察以非法入侵罪来抓你。”

“不要吧，我们可是母女，多丢人现眼。”

“丢人现眼的是你吧，都活到这把年纪，你这是在干什么。我不是说过让你消失得越远越好，不要再出现在我眼前吗。”

町子仿佛很无奈一样，叹了口气。

“妈妈我现在无处可去，让我在这住一段时间吧。”

“绝对不要，前段时间我给你的钱呢？”

“早就花完了，就那点钱，够花几天啊。”

“所以你就又来找我了是吗？简直是瘟神呢，真晦气。快点出去，不然我真的叫警察了。”

“好啊，你想叫就叫吧，妈妈我已经不在乎了，要杀要剐随你便，能死在十月怀胎、辛辛苦苦生下的孩子手中，我死而无憾了。”

“我跟你说过多少遍，不要再称呼自己为妈妈了。你才不是我妈，我再说一遍，快点出去！”

町子好像赌气似的别过脸去。

“好，你不出去是吧，那我现在就把川澄叫来。”

听到这个名字的一瞬间，町子立马变了脸色。嘴唇哆哆嗦嗦地颤抖着，表情也僵硬起来，眼神中闪过一丝恐惧。

律子拿出川澄的名片，掏出手机，开始拨打川澄的电话，她不是在开玩笑。

“不要！”町子勃然变色，朝律子扑来，“千万不要叫那个男人过来，妈妈真的会被杀掉的。”

“那跟我有什么关系。”

“那个男人是黑道的人，若是落在他手里，一定会被杀人灭口换取保险金。我是说真的，那个男人不是好惹的。”

“你说的那个不好惹的男人，正在纠缠我，这都是因为你。再说了，你的事跟我有什么关系，我必须保护的东西，只有美久和我的工作。”

律子不顾町子的阻止继续拨着号码。

“我说让你住手！”

町子一把拍掉律子手上的手机，律子推开町子，去捡掉在地上的手机，町子一屁股坐在地上。

手机因为掉在地上的冲击，拨到一半的号码消失了，律子拿起手机，重新看着川澄的名片，拨起号来。

这时町子说道：“律子，这是我最后的请求，借点钱给妈妈吧。”

“……”

“我一定会还的，我一定好好工作，把钱还你。就这一次，救救妈妈吧，妈妈这次一定洗心革面，认真工作，我保证，求你了。”

町子两手撑地，跪在地上。

“对不起，律子，妈妈我这么笨，老是给你添麻烦。可是，我也没有办法，从监狱出来后，我也吃了很多苦。这次的欠款，也是因为被男人欺骗。”

“你这是演哪出？”律子嗤鼻道，“这次又打算装可怜了是吗？你骗不了我的，这肯定是你的常用手段吧。反正也就是要要嘴皮子而已，还真佩服你说起谎来简直出口成章。”

町子转而露出一副吃瘪的表情。

见装可怜没有用，町子大概觉得跪在地上的自己像个傻子，她干脆站起来，重新坐到餐桌旁的椅子上，跷起二郎腿。

“啊啊，真是白跪了，什么啊，一副自以为了不起的样子。不过是工作有了点成就，就看不起人。给我点钱又怎么了，你很有钱吧，住着这么好的房子，还买了这么大的电视。过得这么好，施舍一点给妈妈又不会遭报应。再怎么说，我也把你养到了上中学，区区一千万而已，借给我又能怎样，不是说了会还你吗。”

“区区一千万，你知道挣这些钱需要付出多少汗水吗？我努力工作不是为了替你还债，是为了我自己，为了寿舅舅，最重要的是为了女儿的将来。就因为我是杀人犯的女儿，至今受了多少冷眼和辱骂，为了从这一被诅咒的命运中挣脱，我付出了多少努力，你明白吗？”

“妈妈养育你也很辛苦啊，那次事件，要说起来的话也是为了你。”

“那是什么意思？”

“妈妈我只有高中学历，而且是那种垃圾一般的学校，根本找不到正经工作，虽然我也有打工，可只凭打工的钱根本没法养活你，所以我只有出卖自己。”

“……”

“我对那位社长而言，说得好听点是情妇，但实际上就是充当他发泄的对象而已。你的书包，还有学校的制服，都是用他给的钱买的。”

町子跷着二郎腿，向后仰靠在椅背上，一副洋洋得意的样子，拿左手的小拇指抠着鼻孔。

“不过，后来还是被社长的妻子知道了，她骂我不要脸，说要开除我。社长在妻子面前根本抬不起头来，因为他是倒插门女婿，只不过他没有对外公开罢了。所以，我火气一上来，与她发生争执时，失手杀了她。这件事我在法庭上没有说出来，因为律师告诉我，要坚决否认怀有杀意这点，若是给裁判员留下不好的印象只会加重刑罚，要我不要说多余的话。但我现在后悔了，早知道就应该在法庭上把一切都说出来。”

“这种事与我何干？”

“也就是说你是我用那些钱养大的，不要自己一个人装作清高的样子。快给我钱吧，你给我的话，我就永远从你面前消失。我养育你到上中学花的钱，全都还给我，现在就给我。”

町子终于揭下伪装，完全露出了本性，其丑恶的嘴脸暴露无遗。

律子已无心与她争论。

她无视町子，再次打算拨打川澄的电话。

“我叫你住手。”

町子出手阻止道，但这次律子已经有所防备，她躲开町子的攻击，抓住町子的衣服将其推出去，町子跌倒在地。

律子继续拨打电话。

“哈。”町子笑了一声，“律子简直和那个男人一模一样呢。”

町子发出冷笑。

“你的父亲是个什么样的人，我来告诉你吧。”

“欸？”

“那是很久以前的事了，有次我到涩谷玩，结果钱包被人偷走，回不了家。当时肚子又饿，没办法我就坐在平常大家搭讪的地点等着。然后就有一个身穿西装，感觉很温柔的男人走了过来，对我说‘怎么了，你脸色很难看，没事吧’。我那时还很纯真，从来没有被人那么温柔地对待过，而且那人还穿着西装，所以我便以为他是个正经人。我告诉他自己的钱包被偷，没钱回家，然后他就说他可以开车送我回去。但是，我那时并不想回家，所以就对他说‘请你带我走’。我那时还对未来充满幻想，一直在等待骑白马的王子出现，我以为那个人就是我的白马王子。”

町子嗤笑着说道。

“车子行驶的途中一个自称是他朋友的男人坐了上来，那人说我们去海边吧，等我反应过来时车子已经开到了一处罕无人迹的地方，然后那两个男人突然朝我扑来。我一个女子怎么敌得过两个男人，就算大声呼喊周围也不会有人听到。即便这样，他们还是把我捆了起来，轮流强奸了我。”

町子依旧在笑。

“第二天早上，我已经被折磨得不成人样，他们开车把我丢到我最初上车的地方，然后只丢给我两千日元，说是电车钱。我也想过去报警，可我又不知道他们的名字，而且也觉得很丢人。没想到竟然会怀孕。”

町子一直在笑，不知是自嘲的笑，抑或是单纯的脑子坏掉了，律子也无法辨别。

“等我发觉有身孕时，医生告诉我已经没法打掉了，我又不能说是被人强奸怀上的，所以就撒谎称是前男友的孩子。如果能打掉的话我早就打掉了，然后就能摆脱你这个包袱了。但是，我一直不知道，那两个男人之中哪个是你的父亲。可就在刚才，我终于知道了，你的父亲就是那个最开始向我打招呼的男人。那个把我压在身下，抽我耳光，绑住我的两只手，粗暴地侵犯我，虐待狂倾向更重的男人。因为你刚才的表情和那个男人简直一模一样，就是那种看着自己主动钻进套子的猎物，想象着接下来该如何折磨、凌辱它时，露出愉快笑容的表情——”

律子全身感到一阵恶寒。

因为怒火，和令人作呕的厌恶感。

律子厌恶这个女人，可同时，更厌恶和这个女人流淌着相同血液的自己。

律子在心中暗暗诅咒神明。

她握紧手机，然后将其高高举起，朝着町子的头部用力挥下——

律子无力地坐倒在地上。

呆呆地望着眼前的情景，就这样过了好一会儿。

町子面部朝下倒在地板上，已经过了五分钟左右，她还是一动不动。仿佛一切都静止了。

打了町子头部的手机还握在律子手中，屏幕上居然连一个裂痕都没有。

律子的手止不住地颤抖。身体和双腿也在颤抖，甚至让人开始怀疑是不是大地本身在摇晃。

可以感受到平常不会在意的声音和气味。钟表秒针的声音、冰箱运转的声音、屋外电车的声音、空气流动的声音、自己心脏跳动的声音、呼吸的声音，房间的气味、自己身上香水的味道、町子香水的味道。

律子试着深呼吸，吸气、呼气、吸气、呼气。

然后闭上眼睛。

在心中祈祷这一切都是梦境，再次睁开眼睛，但眼前的情景并没有变化。

俯视町子的脸，眼睛微睁，嘴巴半张。无论怎么看，她都没了呼吸，无论怎么看，她都已经死了。

是自己亲手杀了她。

自己用手机，使出浑身的力量打了町子的头。

“我杀人了……”律子自言自语地嘟哝道。

最先浮现在脑海中的，不是自己成了杀人犯，而是她让美久和自己一样变成了杀人犯的女儿。

看一眼时钟，现在才五点四十分，自己回到家时刚过五点，也就是说从她回家到现在只过了三十分钟左右。

如果把时钟的指针拨回去的话，是否就可以当作什么都没有发生。

“怎么办……”

一切都静止了，除了律子心脏的跳动，和时钟的指针以外。

9

律子盯着躺在地上的町子。

她努力让自己平静下来。

宿命，她脑海中浮现出这个词语。律子一定是在出生的时候，神明就把她总有一天会杀掉自己的母亲编写进了她的人生。

这都是上天早就安排好的，这么一想，律子便逐渐平静了下来。脑子并非一片空白，她可以冷静地分析状况，并进行逻辑性的思考。

“那现在要怎么办呢？”律子出声说道。

得出结论并没有花费多少时间。

叫救护车这一选项根本不在考虑之中，人已经死了，再说她并不想救这个女人。最关键的是，这个女人一死，她内心某处感到无比舒畅也是事实。

接着去警察局自首这个选项也被排除了，她既不想因为这种女人坐牢，也不想因为她背上杀人犯的罪名。

问题不在于她杀了这个女人，而是之后应该如何处理。

她要掩盖罪行，为了自己，还有美久。

不能让这个女人毁掉自己的人生，否则就是自己输了。即便是杀人这种行为，对象是这个女人时也可以将其正当化。

她为了守护自己的人生，杀了这个女人，这是一种正当防卫行为。律子只能选择杀了她，或者说还好杀了，因为这样的话，她就再也不会因为这个女人而感到痛苦。这个女人就是个寄生虫，是依附在自己身上，一点点吞噬自己的害虫。

所以她只能选择驱除。

变得再冷酷些，再无情些。

律子对自己说道。这不是什么难事，她就是这样克服重重困难，一步一步走到今天的。

这不过是自己必须跨越的一个障碍罢了，决不能让这个女人扰乱自己的人生，她只是为此采用了杀人这种手段而已，不必怀有罪恶感。律子反而被激起了反抗心理。

怎么可以就此认输！

要冷静地、有所觉悟地掩盖犯罪事实。

她必须为此而战，现在正是考验自己决心的时候，就把至今为止遇到的苦难，当作是为了赢得这场战斗的练习就好。

律子完全想通了。

接下来要考虑的是怎么做才能掩盖犯罪事实呢。

冷静一想，她开始觉得好像也不是什么难事。

这座公寓没有安装监控摄像头。町子说她今天一直在电梯旁等待律子回来，也就是说同一楼层的住户很有可能看到她了。如果有人问起来的话，不能撒谎说町子没有来，不过只要说町子来过，但又回去了的话，由于没有监控设备，因此也无法证明她在说谎。

另外，就算町子失踪了，也不会有人找她。她原本就是欠债在逃的人，即便失踪了也不为怪。

换言之，只要尸体不被发现就不会有任何问题。只要做到这一点，就可以掩盖这次犯罪。

尽管现在已临近入秋，气温有所下降，但若把尸体放置不管的话，不出几天就会腐烂发出尸臭吧，这样住在一起的美久一定会发现。可就算想把尸体运到外面，找地方埋了，按照这个女人肥胖的体型，绝对在六十公斤以上。若是放在地上拖行还勉强可以移动，可要抬起她绝对是不可能的。

律子平常都是坐电车上班，但为了方便购物，她也有一台小型汽车，就停在公寓附近的一处停车场。

利用电梯把尸体运到公寓外，再搬到停车场，装进车里。这不仅是个重体力活，而且就算在晚上实施，由于停车场在任何时间都可能有人，所以很难确保百分之百避人耳目。

她想尽可能地避免与平常差异很大的行动，例如向公司请假，或是在网上购买会留下购物记录的东西（比如用来搬运尸体的手推车）。万一警察怀疑到自己身上时，她不想留下任何可能受到怀疑的线索。

尽管眼下处理尸体，掩盖犯罪事实是第一要务，可假若尸体被找到时，如何不让怀疑的目光投向自己，这点也需要提前防范。

律子仅仅思考了一分钟。

她得出的结论是只能将尸体分开搬运。

无论是搬运，还是掩埋，律子一个人移动重六十公斤以上的物体非常困难，可要是分成小块的话就容易多了。

如此一来，接下来就是工具了。家里的不锈钢菜刀是无法分割尸体的，她需要更加结实的刀具。

问题在于，要在哪里进行分割。

若是在家里的浴缸，很有可能会粘上血的味道，这样的话美久一定会起疑。可在自己房间的话，又无法冲掉血迹。最理想的做法是把尸体运到外面，找个安全的地方，再进行分割，可只凭律子一个女人的力量很难做到。

要是有个人能帮她就好了……

律子最先想到的就是寿，如果是她和寿两个人把尸体运到寿的家里进行分割的话，就不会引起美久的怀疑了。

但她马上就打消了这个想法。不能把寿卷到这种事里，寿的精神还没有完全稳定，是承受不住杀人这一重压的。

果然这种重大的秘密还是自己一人承担为好。

今天是星期四。

美久周末不上课，律子尽管周末原则上休息，但工作积压太多的话，周末也会上班，这是常有的事。美久周末是一直在家，还是会出门，因为她从不向律子汇报，所以律子也不知道。

因为周六和周日美久有可能在家，所以绝对不行，要实施的话，要不就是星期五的明天，要不就是四天后的周一。必须在美久去学校的时候，处理完一切。

把尸体放置四天的话，会发出多大的腐臭味呢？一般而言，人死后超过四天火化的情况也很常见。只是，这种时候殡仪馆大概会对尸体做防腐处理吧。

她想到在网上搜索如何对尸体做防腐处理，但转而又放弃了。万一警察怀疑到自己身上时，查到自己的这一网络检索记录，她就很难摆脱嫌疑了。

事已至此，不如干脆就在明天实施吧。今天，她正好借口身体不适提早下班了，就说是感冒加重，第二天也想休息，应该也不会很突兀。虽然不想采取和平常不同的行动，但那只是为了以防被警察怀疑时的预防措施，就现在的情形而言，她应该不会受到怀疑。

究竟应该怎么做，律子也有些迷茫起来了。

无论怎么想，也无法找到可以确保万无一失的方法。说到底，这种事最后凭的大概都是运气，谁也无法保证她绝对不会被抓住。

这样一想，律子忽然有些看开了。

已经过了六点，她没有时间可以浪费了。

为了搬运尸体，分割是必须的。暂且不考虑何时实施，还是先把需要的工具买来吧。

刀子、密封塑料袋、清洁剂、刷子、除臭剂、雨衣……现在就去买吧。

按照平常的时间，美久一般是在图书馆学习到七点，七点半左右到家。也就是说她还有一个半小时。

明天向公司请假吧，今天就把工具准备好的话，明天美久去学校的时间，她就可以全部用来分割尸体。因为不知道会发生什么意外状况，时间越充裕越好。

事不宜迟，现在就行动。

律子夹住倒在地板上的町子的两腋，一点点拖进自己的卧室。果然很重，如果是在地上拖行的话还勉强可以挪动，可单凭自己的臂力绝对抬不起来。

把町子的尸体拖进卧室，放在地上。这时，律子忽然注意到町子身上的物品，她翻了翻町子的口袋，从中找出了钱包和手机。

但有一个东西让律子有些疑惑，就是从町子胸口的口袋中找到的录音笔，而且这支录音笔在开机状态，也就是说现在也在录音。

律子停止录音，按下播放键，被记录下的声音从头开始播放。

“哎呀，好大的房子，果然收拾得很干净，不愧是律子。”

巨大的脚步声。

“我没说你可以进来，快点出去。”

“好冷淡啊，别这么说嘛，我们可是母女啊。”

“住口，快点出去！”

打开冰箱的声音。

“啊，口好渴啊，有酒吗？没有啊，那就果汁吧。”

之后也是町子和律子的对话，律子按下快进键。

“……你的父亲就是那个最开始向我打招呼的男人。那个把我压在身下，抽我耳光，绑住我的两只手，粗暴地侵犯我，虐待狂倾向更重的男人。因为你刚才的表情和那个男人简直一模一样，就是那种看着自己主动钻进套子的猎物，想象着接下来该如何折磨、凌辱它时，露出愉快笑容的表情——”

之后，马上就传出咚的一声钝响，接着是町子跌倒在地板上的声音，然后就是一片寂静。

律子按下停止键。

“这是怎么回事？”

也就是说，町子在进入律子房间的同时按下了录音键，然后将两人所有的对话都录了下来。

“可她为什么要录音呢？”

可想而知的是町子一定在谋划什么不可告人的事，可她具体在谋划什么现在还不清楚。

先不想了，已经没有时间了。

关掉町子的手机电源，其他物品暂且装进她的衣服口袋，等买完东西回来再调查也不迟。

律子的卧室里没有可以藏下尸体的地方，所以她只得就这样放在地板上，然后在上面盖上一条不再使用的毛毯。

律子走出卧室，只拿了钱包，向玄关走去。

突然看到玄关处还放着町子的鞋，她将那双鞋装进塑料袋，回到卧室，放在尸体旁边。

再次回到玄关，穿上鞋，关门上锁，坐电梯下楼，快步走到停车场。坐进车里，启动引擎，脚踩油门，发动车子。

律子避开了离家最近的购物商城，虽然她并非经常去那里，店员也应该没有记住她的脸，但还是要以防万一。她开车前往另一处距离稍远一些，自己从未去过的商城。

她一边开车，一边在脑海里演练着接下来要做的事。

但比起如何处理尸体，她更在意的是那个录音笔。

町子在进入律子的房间后开始了录音，是为了什么呢？

如果是遭到威胁的一方，为了证明自己所言非虚而录音，倒是可以理解。

那个女人虽然脑子很笨，却很擅长使坏心眼。尽管她肯定没想到自己会丢掉性命，可仔细一想，她说的那些话像是在故意挑衅律子，让律子发怒。那她的目的是让律子失言吗？莫非她打算录下律子失言的话语，将其作为今后勒索律子的筹码。

现在她还不清楚。

不过算了，还是先买东西吧。等回家之后，仔细检查一下钱包和手机，应该就会查出什么吧。

没事的，我非常冷静。

律子对自己说道。尽管心脏跳动得比平常快，但这不是因为不安和焦躁，而更接近于即将面临一场重要比赛时的运动员的心情。

开车行驶了大概二十分钟，到达购物商城，将车停在停车场，戴上帽子和口罩走进店内。

拿上购物篮，律子迅速寻找着目标商品。

尽量不去看监控摄像头的方向，即便被监控拍到，为了不被看到脸，她一直低着头。

首先是结实的刀具，她选了顶端是尖的，尺寸比较大的一种，还买了万能锯。因为她觉得切割肉的部分用刀就可以，但切割骨头的话锯子应该更好用。还有大号的塑料袋、除臭剂、清洁剂、刷子、保冷剂、保冷袋、雨衣、塑料手套、长筒皮靴。另外又买了垃圾袋、抹布、纸巾、橡胶手套等。

或许是心理作用吧，看着自己买的这些东西，越看越像接下来要去分割尸体要用到的东西，所以律子随便往篮子里放了几样毫无关系的商品。痒痒耙、闹钟、拖鞋、水杯、饭盒。

然后走到收银台结账，为了不让店员看到脸，结账时她也一直低着头。

不过，店员并没有表现出特别在意的样子，似乎也没有觉得她买的东西奇怪，只是机械性地扫描着商品的条形码。

想要不引人注目，就要表现得坦荡一些。不东张西望，不随便乱看。

因为使用信用卡会留下购物记录，律子用现金付了账。

提着大大的购物袋，走出购物商城，买东西总共花了十五分钟左右。坐到车上，启动引擎，再次行驶起来。

这时，律子突然回过神来。

我这是在做什么啊？

感觉像是身处梦境中一般，她在做的事毫无疑问是犯罪，可自己却一点也没有真实感，犹如在电视剧中扮演杀人犯的角色一样。

我的确杀了人。

我杀了自己的母亲，接下来还计划将她分尸。

律子摇了摇头，想要扫除心中的疑惑。不要被迷惑了，作为那个女人的女儿不是我的罪过。

那个女人死有余辜，她暗示自己。

我若被抓的话，这和给那个女人陪葬有什么区别。现在只能掩盖事实。我是只知道完成目的的机器人，必须丢掉良心，变成恶鬼。

这不是为了自己，而是为了美久。

开车回到公寓，把车停在停车场，拎着购物袋下车。

时间是七点二十分，美久应该还没有回来。

乘上电梯，来到房门前，拿出钥匙开门。

打开门，出乎意料的是玄关处放着美久的鞋子。

看来美久回来得比平常早了一点，不过客厅并没有开灯，她应该在自己的房间。对此律子已习以为常，所以并不会在意。今天或许是在外面买来晚饭，在自己房间吃吧。

律子尽量放轻脚步进入房间，拿着购物袋径直走进自己的卧室，打开灯。

她一下子愣在那里。

尸体不见了。

地上只有用来遮盖町子尸体的毛毯，被卷成一团扔在地上，旁边还有一个塑料袋，应该是用来装町子的鞋的。袋子是空的，里面的鞋也不见了。

为什么？尸体和鞋子去哪了？

头脑变得一片空白，律子就这样拿着购物袋，呆愣地看着町子躺过的地方。

咚、咚，传来一阵敲门的声音。

律子脑子还很乱，一时没反应过来，所以没有作声。由于没有听到回答，外面再次咚、咚地敲了两下。

“啊、来了。”

律子这么一说，门便缓缓地打开了，美久露出脸来。

美久直直地看向律子的脸，律子已经好久没有从正面看过美久了。

“怎、怎么了？美久。”

“就是，刚刚有个奇怪的阿姨……”

“啊？”

“大概七点左右，我回来的时候，有个奇怪的阿姨从家里出来，我刚好正要进门，然后我们就撞到一起了。”

“然、然后呢？”

“她一把推开我，叫我让开。”

“……”

“然后还说‘给我记住，我还会回来的’，表情很可怕，还说‘就这样告诉你母亲’。”

“之后呢？”

“就这些了，然后她就坐电梯走了。不过，感觉她好像头很痛的样子，因为她一直用手这样子捂着头。”

美久做了一个用手捂住头部的动作，那正好是律子用手机打了町子的部位。

“她是谁啊？”美久问道。

“啊啊，那个。”律子急忙撒谎说，“是妈妈认识的人，不过是很久以前了，在我年轻的时候，那时美久还没有出生，只是受了她一些关照而已。”

“那她为什么一个人在我们家？”

“那个，就是，她好像着急用钱，所以要我借钱给她，不过我拒绝了。她穿着深红色的衣服吧？”

“嗯。”

“她是个有点让人头疼的人，从以前开始嘴就很坏，还有些粗暴，经常会引发事端，但我觉得她本性应该并不坏。你刚才说她推了你，没事吧？”

“没有，只是用手推了一下而已。”

“她不是什么可疑的人，放心吧，妈妈刚好有点急事，所以就出门了。啊，这样啊，她回去了。一个陌生人突然从家里出来，你一定吓了一跳吧？”

“相比惊吓，就是觉得有点可怕。”

“对不起，我应该提前告诉你的，我以为你不会这么早回来，才叫她在房间里等的。”

美久斜着眼看着律子的脸。

“你今天回来得好早啊，没去图书馆学习吗？”

“因为考试今天结束了，所以回来得比较早。”

“这样，考试今天结束了啊。吃过晚饭了吗？”

“在外面吃的。”

“是吗？”

“那我要说的就这些。”

美久尽管浮现出一脸疑惑的表情，但还是关上了门。

律子看着关上的房门，好像身上的力气一下子被抽走一样，她放下购物袋，坐倒在地板上。

“什么啊……原来还活着啊……”

看来自己打的那一下只是让她晕厥了而已，自己的确没有查看她的脉搏。冷静一想的话，自己打的那下应该也不是很重，因为作为凶器的手机屏幕连一条裂痕都没有。

真是个会给人找麻烦的女人……

在律子去购物商城的时候，町子大概自己醒了过来，尽管头很痛，她还是穿上鞋子，然后在正要出门的时候，撞到了美久。

向美久说出“给我记住，我还会回来的”这种话，简直像极了那个女人。下次来的时候，说不定会威胁自己支付精神抚恤金，要是不给的话，就会以故意伤人罪起诉。这种可能性绝非没有，她必须做好心理准备。

不管怎么说，人还活着。

她没有杀人，这么一想，内心逐渐涌上一股安心感。直到刚才为止，她还以为自己真的杀了人。

真是天大的误解，想到自己刚才的行动，律子觉得简直蠢透了。

突然间从紧张状态中解放出来的律子，就这样静静地在地上躺了一会儿。她闭上眼睛，感觉到身体疲惫不堪。

忽然，她好像想到什么，环视了一圈自己的卧室。

“啊！”

注意到桌子的一个抽屉半开着，律子急忙起身，先是检查了那个抽屉，然后又翻了翻整个房间。

“不见了，装有现金的信封……还有珠宝。”

不见了的东西共有五个。

为了应对紧急情况的现金支出而准备的装有十万日元的信封，用来装零散硬币的存钱罐，两个名牌手表，以及装珠宝的盒子。如果换成钱的话，大概值四十万日元。

房间里所有的抽屉以及架子都有被翻找过的痕迹，其中只有值钱的东西不见了。

还有一点，大概是因为律子打了她，为了泄愤，律子大学的毕业证书，还有以前画的一些设计作品都被撕成了碎片。

“那个女人！”

愤怒的律子拿着被撕成两半的毕业证书，攥紧了拳头。

律子叹了口气，但转而又放弃了。将已经变成碎片的毕业证书团起来扔进垃圾桶，倒在床上。没有杀人的安心感，以及自己的房间被翻找且值钱的东西被偷走的愤怒，这两种感情在她心中抗衡着。

这时，她的肚子突然发出咕咕的叫声，一阵空腹感袭来。她这才想起来自己从中午之后什么也没吃。

10

第二天，周五。

被闹铃吵醒的律子，感到有些轻微头痛。

昨天发生太多事了。

购物袋还原封不动地放在房间一隅，以为自己杀了人，去购物商城买来刀子的事就像做梦一样。

因为安下心来她睡得很沉，但同时疲劳感也一下子涌了上来。

打开窗帘，看着外面阴沉沉的天空。

不想去公司。

今天想在家休息，可那是不行的。工作堆积如山，而且这些工作只有自己能做。

因为自己没有杀人而感到安心的同时，她意识到问题再次回到了原点。町子逃跑了，因为偷了自己的钱，应该够她花上一段日子。可钱总有一天钱会花完，到时町子一定会再次出现。

还有川澄，只要町子的欠款还不上，川澄就会一直纠缠自己。

走出卧室，洗完脸，泡一杯咖啡，用面包机烤了面包。

这时，美久的房间门开了，睡眼惺忪的美久，顶着一头睡得乱糟糟的头发，穿着睡衣走了出来。

“早……早啊。”律子说道。

美久没有回答，走到洗脸台，开始用梳子梳头发。

现在才七点刚过，美久这个点就自己起床很少见。她说昨天考试结束了，昨天晚上可能睡得比较早。大概是考试累了吧，美久的脸看上去有些憔悴。

这已经是进步了，虽然没有回应“早上好”的问候，但不会像以前那样瞪律子了。自从树季每天早上来接她上学后，也没有再迟到。这些都表明情况确实在向好的方向发展。

律子吃完早餐，收拾好准备出门。美久也准备去上学，“不要迟到，好好去学校”，如果这样说的话，一定会惹美久不高兴。最近，她好像有点知道该如何对待青春期的女儿了。也渐渐明白，或许并不是美久叛逆，而是自己的言行会让美久产生想要反抗的心理。

像这样，律子也开始能够客观地看待了。

“那我出门了。”

律子说完，和平常一样，在七点五十分准时走出家门。

乘电梯下楼，走出公寓，就看到了树季。

树季拿着一把透明雨伞，将雨伞当作棒球棒练习着挥棒，脸上依旧是天真无邪的表情。

“早上好。”律子打招呼道。

“早……早上好。”树季停止挥棒，站直身体说道。

“今天也谢谢你来。”

“不用谢，是我自己想来的。”

“听说你们昨天结束考试了。”

“嗯。”

“树季考得怎么样？”

“嗯，我已经尽力了，可就是数学和理科、英语，还有语文这几科不太擅长。”

“那岂不是大部分科目都不擅长吗，你是不擅长学习吧？”

“不过社会学我还是很擅长的。”

“你和美久不是一直在图书馆学习吗？”

“与其说是一起学习，不如说是美久在教我。”

“欸，美久吗？”

“您有点意外吧，其实美久很聪明，想学的话马上就能学会。”

树季边挠头边说道。

律子脑海中浮现出两人在图书馆学习的情景——急性子的美久忍不住发火“你怎么连这么简单的问题都不会”训斥着树季的样子。照这个情况来看，美久这次的成绩应该会有所提高。

律子抬头望向天空，天空被厚厚的乌云笼罩，非常昏暗。

“感觉好像要下雨了呢。”

“听天气预报说，下午要下大雨。”

“是吗？”

律子昨天因为实在太累，很快就睡了，没来得及看天气预报，但她包里总是常备折叠伞。

“那再见。”律子说道。

“路上小心慢走。”树季说道。

一如既往的早晨。

和树季说一会儿话，再去上班。每天早上要收拾出门的时候，律子还会思考今天要和树季聊什么呢。寻找话题已经成为她的一大乐趣所在，要是这种状态能一直持续下去就好了。律子由衷地想。

和树季告别，刚走出几步，律子突然想起什么停下脚步。回过头，树季又在用雨伞练习挥棒。看了看树季的脚上，只见他穿着自己送他的皮鞋。律子有些后悔没有问他“穿起来感觉怎么样”，那就下次见面再问好了，律子心想。

到达公司，向前台的员工打招呼。

“早上好。”

“早上好。那个，社长有事要找律子小姐，她让我转达您，到公司后马上去社长室。”

“叶惠吗？她已经到公司了？”

“是的。”

继昨天的事之后，律子又有了不好的预感。

走到社长室前，敲了敲门，听到里面“请进”的声音，律子打开门。

叶惠坐在沙发上，看向走进房间的律子，脸上没有一丝笑容，表情非常严肃。接着用食指指了指沙发，示意律子坐下。

“找我什么事？”

叶惠说道：“抱歉，我擅自调查了你的事。”

桌子上放着几张纸，叶惠将其拿起，重新摆好放到律子眼前。

那是三十年前有关“杀人魔町子”事件的报道文章，有报纸和周刊杂志两种报道的复印件。上面登载有町子年轻时的照片，是律子上中学一年级为止一起生活的记忆中的町子的脸孔。

事件发生之初，媒体并没有使用“杀人魔町子”这一名称。

情妇残杀正妻，最初只是这种非常常见的杀人事件标题，但随着媒体对町子生活状态的深挖，事件经过逐渐明晰，人们开始以猎奇性的目光看待这一案件。

当时的事在律子脑海中复苏，就像内心的伤疤被叶惠无情地揭开一样，律子感到非常气愤。

“这是律子的母亲吧？”叶惠毫不留情地说道。

“那个叫川澄的男人找来后，我就有种不好的预感。那个照片上的女人，从年龄来看感觉应该和你的母亲差不多。虽然你和我说过自己的母亲死于交通事故，但直觉告诉我当中一定有什么隐情。于是，我去调查了一下，结果果然不出我所料。

“你怎么能擅自调查我——”

“这并不重要。”叶惠吼道，“最重要的是，你就是这个女人的亲生女儿这一不可动摇的事实。而且，这个女人已经从牢里出来，还欠了钱，正在逃债，而那个追债人已经找到了这里。”

叶惠深呼吸一下，稳定好自己的情绪。

“这个杀人事件，我也记得很清楚，因为当时非常轰动，我那时才上小学六年级。也就是说，比我们年纪大一些的人自然都还记得。”叶惠与其说是冷静，不如说面带冷酷地说道。

“律子，告诉我实话好吗？现在到底是什么情况，不要说谎。”

律子从新闻报道的复印件中抬起头来。

不管怎么说，她最大的秘密已经守不住了。

“我能喝杯咖啡吗？”律子说道。

“喝吧。”

律子从社长室的咖啡机里接了一杯咖啡，在纸杯中加入砂糖和牛奶，再次返回座位。

她喝了一口咖啡后说道：“没错，我是饭塚町子的女儿，那个案件发生时我上中学一年级——”

律子将自己的事和盘托出。

案件发生后，自己被寿夫妇收养，姓氏改为新山。即便如此，还是受到各种差别对待，被迫搬了好几次家。町子出狱后，自己一直没有见过她，可直到最近，那个叫川澄的催款人突然出现。律子将这些都说了出来，唯独没有说出她昨天打了町子的事。

律子说完，将剩下的咖啡一口气喝完。

叶惠问：“为什么要瞒着我？”

“你问为什么……这也不是什么值得特意说起的事，又不是我杀了人，我已经和母亲没关系了，而且在我心中这已经是过去的事了。再说了，我其实也是受害者。”

“的确，这和律子无关，但其他人可不这么想，一家公司的形象就是一切。你认真想一想，如果你负责设计的店铺的客户，知道这件事的话会怎么想？”

“什么怎么想？”

“负责设计自己店铺的设计师，是杀人犯……而且是那个‘杀人魔町子’的女儿。知道这件事，谁会感到高兴？”

“……”

“客户肯定会说，要是早知道的话，肯定就不找你们公司了。要是被世人知道，消息扩散开来，谁还会进这样的店铺？到时一定会有店铺因为名声受损要求我们赔偿。不管设计本身多么棒，如果是黏上污秽的手画的，也会变得一文不值。”

“你说我的手黏了污秽，是什么意思？”

“就是字面上的意思，不论道理说不说得通，情感又是另外一回事。即使杀人魔的女儿说和我没有关系，人们脑子里也明白不是你杀的人，可潜意识里还是会不想和这种人扯上关系。”

叶惠急剧地抖着腿。

“这和人们不愿意住进自杀者住过的房间是一样的，即便大家知道世上没有幽灵，这不合乎科学，可一旦那人心里产生了厌恶感，那就到此为止了。世上的歧视现象就是这样产生的。我们做的是生意，不是道德品德课，向社会呼吁停止歧视犯罪者的子女，这种事交给学校的老师和宗教人士就好。即使客人当中存在很多拥有这样的偏见和歧视意识的人，教育他们也不是我们的工作。我们的工作仅仅是做出客人满意的商品，让他们花钱购买。如果客人表示厌恶的话，即便那是误解，即便是基于错误认识的偏见，我们也只能接受。”

“那你是什么意思？是让我一辈子活在见不到光的地方吗？”

“没错。”叶惠说道。

“就因为我是杀人犯的女儿，即使不是我的罪过，由于大家对我存在偏见，所以我就得一辈子避人耳目，活在见不得光的地方吗？”

“就是这样，你是不能出现于人前的人。况且，你母亲不是普通的杀人犯，偏偏是那个‘杀人魔町子’，是大家都知道的，那个臭名昭著、丑恶至极的女人。”

叶惠跷着二郎腿，瞪向律子的脸。

“律子出现在人前的话，就会有石头飞来，那些石头也会波及站在你身旁的我。我提前声明，我可不会和你一起对抗那些飞来的石头。”

“是吗？”

“既然知道船要沉，那就赶紧下船，这就是我的生存之道。即使这艘船的船长就是我，我也会毫不犹豫地丢下船员和乘客，赶快下船。我就是这么自私，要鄙视的话随你便。不过律子，你应该知道我是什么样的人吧？”

“是，我早就知道。”

律子勉强说道。

“为什么要瞒着我？你要是早些告诉我的话，或许还会有其他办法。”

律子在内心反驳道，要是我一开始就告诉你的话，你根本就不会选我做合作伙伴吧。

叶惠继续说道：“比如说用笔名啊，或是做幕后设计师之类的。对了，那次采访也就不会让你露面了。你难道没想过，那么显眼地登上报纸的话，比方说中学时期的同学什么的，看到报纸后或许会认出你，你就没想过这种可能性吗？”

律子什么也无法反驳，她只能说是自己太大意了。

叶惠烦躁地搔了搔头发。

叶惠好胜心很强，但相对的回避危险的本能也很强。如果有必要，那么她狠下决心也能迎难而上。但如果可以，她还是会尽可能地选择躲避危险。而认识叶惠这么多年的律子明白，叶惠现在的心情更倾向于后者。

律子突然对和叶惠同处一个空间感到厌恶。

她从来没有喜欢过叶惠这个人，尽管两人是合作伙伴关系，但并非朋友。叶惠对自己肯定也抱有同样的想法，她们只是在互相利用对方的价值罢了。

律子也承认叶惠在业务方面的能力，公司能发展壮大到今天，很大程度上归功于叶惠。如果自己做社长的话，肯定达不到今天的成就。但是，这对叶惠而言也是一样，只凭叶惠一个人的话什么也做不到。

若要比喻的话，就像CD和CD播放机的关系，单靠其中任何一方都无法播放出声音，只有双方合力才能演奏出美妙的音乐。如果没有律子的话，叶惠的经营头脑根本就没有用武之地。而如果没有叶惠的话，律子的设计天分也就失去了展示的机会。

叶惠是离不开我的。

现在的经营模式是在叶惠有了律子这张卡片的基础上成立的，如果律子离开，这家公司也会经营不下去。

“你那个表情是什么意思？”叶惠突然说道。

“什么，表情？”

叶惠投向律子的目光仿佛染上了敌意。

“你什么意思？我刚才，脸上是什么表情？”

律子真的不知道，自己刚刚是什么表情。

叶惠嗤笑一声。

“律子，我看你是误会了吧。你是不是觉得，这家公司没了你，就会经营不下去。”

“……”

“我承认律子的确很有才能，我最开始看到律子的设计图时，着实吃了一惊，因为你画的东西是我至今为止从未见过的。在理论性的构图当中，大胆地加入了新奇的元素，并且毫无违和感，就是那种将不同的事物完美地融合在一起的能力吸引了我。我当时就想，这个人不是为了彰显自己的才能信手作画，而是在掌握理论性知识，且积累了技术性训练的基础上，经过细致的计算与考量之后才展现于纸上的。没有一丝多余的线条，削减了不必要的东西，让人感觉恰到好处，有种干净利落的知性感。”

叶惠从律子脸上移开视线，看向窗外。

“竟然有人能画出这么厉害的东西，我真的感到很佩服。于是我对律子产生了兴趣，经过调查，发现你隶属于一家设计师事务所，还持有一级建筑师资格证书。可是，在那家公司却只做些帮别人拿包之类的助理性工作。在没有识人眼光的上司手底下工作，是一件非常不幸的事。我突然就觉得这大概就是命运吧，是神将你送到了我身边，要实现那时我脑海中构想的商业蓝图，律子是再合适不过的人选。直觉告诉我只要我们联手就一定可以成功，我从此便可以走上成功之路。因此我迫不及待地找到了你，你还记得我们第一次见面时的事吗？‘要不要和我一起创办公司？’问这句话的时候，我心里其实非常紧张，就像在求婚一样。

“当然，要说有才能的人，也不止你一个。可是，这样的人一般都已经被发掘，有了去处，企业也会用优厚的待遇留住他们，所以这样的人是很难挖过来的。当时，我还没有名气，也没有资金，甚至没有信用，所以银行也不肯贷款给我。

“但是，公司的生存靠的不仅仅是技术，最关键的还是经营，如果没有好的经营战略，技术就会失去发挥空间。只要商品品质足够好，不做宣传也可以卖得出去，那种悠闲的时代早就过去了。如果缺乏宣传和推销能力，也就是没有经营战略和实施这一战略的执行能力的话，客人是不会选择我们的商品的。要怎么做才能让客人从数量众多的公司当中选择我们公司，客人看的不仅仅是设计图，还有成本、品牌形象、安心感、人脉等，他们会在综合考虑这些因素的基础上做出选择。如果经营者没有将客人的心理拉拢过来的手腕，空有技术的话，也只能是纸上谈兵。

“说实话，在这个行业，做出的东西比我们公司优秀的多得是。但是，即使拥有技术，却因为缺乏推销战略，因此被埋没的公司也有一大把。就连一些大企业也是，明明技术位列世界前端，却因经营不善，结果以极低的价格被收购。所以说品质很好却卖不出去的商品数不胜数。

“劝你最好不要太自大，就算你走了，我也可以找到替代你的人。抱歉，我现在已经有了一些名气和成就，也积攒了一定的资金，还有愿意跟着我的优秀的部下。顺便问一句，律子身边有这样的部下吗？如果律子打算离开这里单独成立公司，有一个人愿意跟着你吗？我就算没了你也无所谓，只要从那些品质很高，却不擅长经营所以销售不好的公司挖来有才能的设计师就可以了。”

叶惠好似很烦躁地摇了摇头。

律子找不到反驳的话语，叶惠刚才的言论，就等于在宣示律子对她而言并不是合作伙伴，只是随时都可以替代掉的一颗棋子。而且，一旦有什么事，她会毫不犹豫地舍弃律子。

“不过，现在说这些也没有意义，已经过去的事就算了，关键是接下来要怎么办。我姑且问你，你是‘杀人魔町子’的女儿这件事，幸次先生知道吗？”

“不知道。”

“美久呢？”

“美久也不知道。”

“那另外还有谁知道？”

“只有寿舅舅一个人，我从未对其他人说过。而且，我中学时转学了，之后还换了姓氏。”

“那问题就是川澄了，这人应该是黑社会吧，那份借款也是从那种和黑社会有勾结的高利贷机构借的吧。还真是愚蠢的女人，她难道不知道欠了高利贷的钱，会吃不了兜着走吗？川澄肯定还会再来的，直到欠款还清为止。不对，就算把钱还上，因为对方已经抓住了把柄，他很可能会以此为要挟不断进行勒索。顺便问一句，那笔借款有多少钱？”

“具体金额我也不清楚，只听说借的时候是五百万，之后因为利滚利涨到了一千万。”

“这也太离谱了吧，借据呢？”

“说是丢了。”

“你的母亲是笨蛋吗？啊，想想也是，否则怎么会在杀了人后，还能毫不在意地吃下大份牛肉盖饭呢。”

律子察觉到，叶惠对自己的说话方式有所改变。

在今天之前，叶惠和律子说话时，起码会保持基本的尊重，但现在连这个也没了，甚至可以感觉到生理上的厌恶。那大概是对“杀人魔町子”的厌恶感，就像味道会扩散一样，这种厌恶感转移到了律子身上。

看来和叶惠的关系走到尽头了，律子心想。

“那律子，你有没有自己还上这笔钱的打算？”

“怎么可能？”

“不过，就算还了钱，也无法保证川澄不会再度勒索。而且即便报警，现阶段也没有用，因为川澄并没有做违法的事，他只要回答说是在追逃债的町子，警察也无计可施。另外，即使他把律子是杀人犯的女儿这件事公之于众，也不会受到制裁。但可以肯定的一点是，如此一来，我们公司也就完了。”

叶惠再次烦躁地搔了搔头发。

律子还是第一次看到叶惠如此心慌意乱，因为她平常总是一副装腔作势的样子，越是危急关头越是装得很平静。

“我们公司现在有着很高的关注度，因为成长得很快，反过来说，我们从竞争对手那里夺取了客源，因此一定会遭到嫉妒，若是让人知道我们公司的设计师是那个‘杀人魔町子’的女儿，再把这个消息放在网上的话，我们公司就完了。所以说敌人不仅是川澄一个。”

叶惠抽出两张面巾纸，叠在一起擤了擤鼻子，然后丢进垃圾桶，接着发了一会儿呆。

“好不容易顺利走到了今天。”叶惠小声咕哝道。

律子的人生总是这样，一旦开始顺利，就一定会出现阻碍。

两人别开脸，沉默了一会儿。

叶惠说道：“算了，情况我已经清楚了，律子还和以前一样继续工作就好，剩下的事交给我。有任何事都不要自己做判断，先向我汇报，知道了吗？如果钱能解决问题的话，掏钱也可以。说得极端一点，若是我和川澄睡一次就能解决问题的话，我也在所不惜。”

律子想，至今为止为了扩大公司的规模，在自己不知道的地方，叶惠或许也曾做过同样的事。

“不过。”叶惠提高了语调，“虽然我打算尽我所能，但万一发生什么事的时候，律子也要做好心理准备。”

“什么心理准备？”

尽管律子问了，但叶惠并没有回答。

叶惠已经做出决定了，她打算舍弃律子。想必她心中，与律子的合作伙伴关系已经结束了。

律子默默地站起身，走出社长室。

11

上午的时间，律子总算是完成了截止日期将近的一部分工作。

尽管她现在没有心情工作，但同时她也不想辜负那些因为信任她才把工作交给她的客户。这些人是赌上了人生才选择了自己的公司，她不能因为自己的私事，拖了客户的后腿。

到了午休时间。

律子走出公司，外面淅淅沥沥下起了雨，和树季说的一样，从天空阴沉的样子来看，下午大概会下大雨。

撑开折叠伞，走到附近的面包店，买完午餐，又走了几步，来到一处公园。

公园里有一座带屋顶的凉亭，律子坐到凉亭的长椅上。

律子喜欢下雨天的公园，因为可以一个人独处，没有小孩，没有野猫，也没有鸽子，谁都不会打扰她。

雨滴落在凉亭的屋顶上，就像打鼓一样，可以感觉到雨势在逐渐变强。下得再猛烈点吧，律子心想。

脑海中回想起和叶惠的对话。

终于还是让叶惠知道了，在感到郁闷的同时，她也有一种莫名的解脱感，因为这样一来对叶惠就没什么可隐瞒的了。

秘密被发现后，律子才察觉到带着秘密生活是一件多么辛苦的事。万一自己的秘密暴露了怎么办，一直以来她都活在这种恐惧中。

只要一想到那一天的到来，她的内心就会被乌云笼罩，她也曾无数次梦到过这样的场景。

好想就这样逃到远方。

到国外的一个谁也不认识自己的地方，改变名字，改变脸孔，丢下寿和美久，一切从零开始该有多好。

不，这样的话和町子有什么区别，自己和那个事到如今仍在逃避人生的愚蠢女人不一样。她必须留在这里继续战斗，她要亲手夺回自己的人生。

比赛还没有结束。

吃完点心面包，律子正要提起精神，去完成下午的工作时，口袋里的手机突然响了。

画面上显示来电人是美久的学校。

接通电话，“喂。”

“啊，您好，我是美久的班主任榎木，是新山女士吗？”

“是的，美久平日承蒙您的关照。”

榎木是一位五十多岁的女性，听说还担任女子篮球队的顾问老师。律子提起警惕，一般学校打来电话，都不是什么好事。

“请问，是美久出什么事了吗？”

“是的，今天美久没有来学校，所以我想问问您。”

“啊，她没去学校吗？”

律子回想起今天早上的事。

美久在律子出门前已经起来了，所以并不是睡过了头，而且树季也来接她了，他们没有一起去学校吗。

“果然您也不知道啊，因为这段时间美久都会按时来学校，我也感觉她开始变得积极向上了，所以有些放下心来。可今天美久突然无故缺勤，我以为出什么事了，才向您打电话确认。”

“对不起，是我监督不够，我以为她去了学校。那个，请问今天树季来学校了吗？”

“树季？”

“就是藏本树季，我记得好像是四班的。最近，美久总是和树季一起上学。”

“因为是其他班的学生，所以我也不是很清楚。”

昨天结束了期中考试，难道两人一起旷课出去玩了吗。

律子注意到，榎木好像在犹豫着什么。

“请问，有什么事吗？”

“啊，是的，也就是说，新山女士还不了解树季的事啊。他们俩关系好像很好。”

“是的，他们是好朋友。我拜托树季每天早上来我住的公寓接美久上学，晚上送她回来。”

“实际上我也注意到了，因为我经常看到他们一起上下学。”

榎木再次意味深长地沉默下来。

“那个，虽然我这么说可能有点像打小报告，您可以答应我不告诉任何人吗？”

“好的，是什么事？”

“其实树季是个问题儿童，特别是他有个哥哥，去年还是我们学校的学生，今年刚刚毕业，去了工业高中。他哥哥说白了，就是当地不良少年团体的一员，所以名声不是很好。而且，我还听说，树季被他哥哥拉着做了一些不好的事。”

榎木详细讲述了自己知道的事情，律子一边听一边想，她还是很难相信树季会是个不良少年。

榎木说完，再次叮嘱律子不要外传。

“可是，这些事并不是树季自愿做的吧，他会不会只是受哥哥教唆，没办法才——”

“实际情况我也不清楚，不过，不管怎么说，树季是我们学校的重点关注对象这一点不会有错。而且我注意到他最近和美久走得很近，所以有点在意。”

“是这样啊。”

“要是真的发生什么事就晚了，所以我想还是应该提前让家长知道，所以才联系了您。树季有这样的一个哥哥的事，至少请您留个心眼。”

从榎木的口气中，不难听出暗示律子不要让两人走太近的意思。抑或是提前打预防针，意即万一发生什么事，也不是我们老师的责任，我可是告诉过你了。

“那么，刚才说的事还请千万不要外传。今天为什么没有来学校，请您亲自问一下美久。万一发生什么事的话，可以随时联系我。”

“好的，感谢您特意打电话告知。”

“再见。”榎木挂了电话。

终于完成了这天的工作。

身体和心灵都处于濒临极限的状态，好想快点回家，倒在床上。支撑着晕晕沉沉的大脑，律子走出公司。

下午六点，外面正下着大雨，律子正要撑开折叠伞时，她注意到眼前站着一个男人。

是幸次，身上穿着西装。

幸次一看到律子，就朝这边走来。

“怎……怎么了？”律子问道。

“有时间吗？我有事想和你说。”

他语气很强硬，完全没有拒绝的空间，看表情好像下了什么重大决心一样。

“怎么突然过来，提前也不打个电话？”

“打电话的话，你又会搪塞过去吧。你总是这样，一谈到你不想提的事，就会单方面挂断电话。”

幸次撑着伞，走在律子前面。听他说今天他申请了早退，从名古屋过来的，而且从五点就等在楼下了。

走到车站，进入一家咖啡店。

“所以，你找我什么事？因为我很忙，长话短说吧。”

“好。”幸次说道，“我现在就去你家可以吗？我想见美久。”

“现在吗？”

“对，就现在。见到美久后，我想直接和她谈一谈，当然，你也可以听。等过几天，不，明天就行，我想带美久见见即将成为我妻子的人，就我、她和美久三个人。”

“等等，这也太突然了吧。”

“对你来说可能很突然，但这件事我已经考虑很久了。我重申一次，我的想法是让美久跟着我，也包括抚养权的转移。”

从幸次的语气中可以感觉到，与其说他想把美久接过去，不如说是想让美久远离律子。

“你以前虽然和我提过，但为什么要这么着急，我和美久都还没有任何准备。”

“不需要什么准备，话说，一直以来都是你在躲避这件事吧。我已经不想听你找借口了，反正你一定是又找个什么理由，不让我和美久见面吧。”

今天的幸次让人感觉有点奇怪，好像非常着急。

“发生什么事了吗？”律子问道。

幸次先是思考了一会儿，然后开口说道。

“实际上，昨天叶惠小姐打电话给我了。”

“叶惠吗？”

“她问我知不知道关于你母亲的事。我从未见过你母亲，你也说过你母亲死于交通事故，于是我就这样回答了叶惠小姐。可是，挂了电话后，因为前段时间不是有个叫川澄的调查员来过吗，我开始有些在意，或者说有种不好的预感吧。因此我调查了一下你母亲，结果很快就查到了。”

“你等一下。”

“就是那个‘杀人魔町子’吧，你的母亲并没有死。川澄拿着的那张照片，就是‘杀人魔町子’三十年后的样子，仔细回想的话，的确是有点像。因为町子欠债不还，还跑路了，所以川澄才会找上町子的女儿，也就是你，要求还款对吧？”

“你是怎么查到的？”

“调查很简单……”

“你撒谎，肯定是叶惠告诉你的吧。”

“不是，是我自己查的，叶惠小姐什么都没有说。但看你的反应，原来叶惠小姐也知道了啊。”

从幸次的表情中，律子也无法判断他究竟是不是在撒谎。但不管怎样，连幸次也知道了这件事，这个事实不会改变。

律子眼前一黑，感觉自己迄今为止积累起来的东西正在一点点崩塌。

“但那又怎样呢？因为我是那个女人的女儿，所以呢？你是想说我没有养育孩子的资格吗？”

“我没有这么说。”

“我连活着的资格也没有吗？”

“你冷静一点，我当然知道饭塚町子犯下的罪过和你没有关系，作为那个女人的女儿不是你的责任。只是，知道你是那个女人的女儿后，我心里好像想通了一些事，这也是事实。”

“想通了……你什么意思？”

律子回忆起昨天用手机打母亲时的感觉。

或许母亲曾经也是因为这样的冲动而杀了人，而我身上流着和母亲一样的血。

“你是说我和那个女人很像吗？龙生龙凤生凤，杀人犯的女儿也是杀人犯，你是想这么说吗？”

“不是这样。我想说的是，你从你的母亲町子那里受到的不公对待，在你成为母亲后，会不会也对自己的女儿美久做了同样的事？”

“我不懂你在说什么。”

“关于那次事件，昨天还有今天，我自己调查了一下，其中也包括町子是如何对待自己的女儿的。事件资料上写着，町子以女儿为借口从政府那里骗取生活保障金，还有她的女儿因为被虐待，曾接受儿童咨询所的保护这些事。我知道了你上中学为止是在怎样的环境中成长的，所以感觉有些明白了，就是这样。”

律子摇着头，她不想再听下去了。

再次回想起那个缩在毛毯里，忍受寒冷和饥饿，除了等待母亲回来毫无他法的幼小的自己。

自己也想上幼儿园。

不对，律子想大声反驳。为了不让美久和我有一样的遭遇，我拼命工作，努力赚钱。可是……

难道我让美久遭受了与自己相同的感受吗？

不会的……绝对不会。

“我觉得美久还是离开你比较好，我已经决定了，在知道你是那个女人的女儿后，更加坚定了这个决心。町子还活着吧，这也是为了让美久远离那个女人。所以我想现在就去见美久，然后把自己的想法告诉她，再把她接过来。”

“你要对美久说我母亲的事吗？”

“果然你也瞒着美久，不过，再怎么说，美久肯定不知道当年的案件。”

“……”

“当然要告诉她，因为在美久不知道的情况下商量今后的事对她不公平。而且，还不知道这件事今后会对她产生什么影响，我不想让你受到的影响波及美久身上。把一切向美久说明后，让她自己做出选择吧，看看考虑到今后的人生，她自己想要跟着谁。”

幸次或许是第一次这么强烈地坚持自己的主张，一直以来，他总是让着律子。

他是个本性善良的人，因为体谅对方的心情，很少说硬话。即使两人吵起来，也不会一味地考虑如何战胜对方，就算自己没有过错也会做出让步。但现在的幸次不是这样，大概是因为想要保护美久的想法过于强烈，他不再顾及律子的心情了。

既然幸次这么坚持，律子也很难反驳。

美久大概会选择去幸次那里吧，如果这样做可以让美久获得幸福的话，也没什么不好。

“我知道了。但我提醒你一句，美久已经不是你记忆里的那个美久了。”

“啊？”

“她已经不是你记忆里那个还是小学生，天真又可爱的女儿了，女孩子一上中学，就会发生很大的变化。如果你还是抱着以前的心态去见她，肯定会让你吃惊的，别怪我没提醒你。”

出于不甘，律子只能这样说道。

“幸次的想法我明白了，但今天不行，因为这两天发生了太多事，我现在脑子还是晕乎乎的……”

“那什么时候可以？”

“回家后我会和美久说说看，要是美久同意的话，你明天过来吧，然后我们再谈。”

“明天对吧。”

“对，我回去就和美久说。”

“好，今天我会住在这边，明天一定记得遵守约定！”

律子已经失去了反抗的力气，如果美久想去幸次那边的话，就让她去吧。如果叶惠说要开除她的话，就痛快地离开吧。这样就好，丢掉私欲私利，让一切顺其自然就好。

自己想怎样，她已经不去考虑了。

爱怎样就怎样吧。

12

外面雨势又大了，已经变成了暴雨。

律子走出车站，撑着伞回到公寓。

因为雨势太大，雨水落到地面后，会再次反弹弄湿裤脚，而且折叠伞面积有限，在这样的倾盆大雨中，根本无法完全挡住全身。

进入公寓，拿出钥匙开门。

美久还没有回家。

头发因为淋湿贴在头皮上，感觉很不舒服，律子洗了淋浴，又泡了会儿。泡完澡出来，她用吹风机吹干头发，换上居家服。

接着烧了热水，泡了一杯红茶。

昨天和今天简直是像噩梦一样的两天，而且事态还在进一步恶化。

叶惠和幸次都知道了，而且幸次接下来还要告诉美久，她已经无法阻止。

随便了，爱怎样就怎样吧。

她在脑海中无数次喊出这句话。

因为町子，因为那个瘟神的出现，一切开始走向崩坏，那个女人总会给律子带来灾祸。

她已经失去了想要做点什么的力气。工作可能会丢掉，但那是叶惠决定的事，她想怎样就怎样吧。美久可能会离开这里，可那是美久决定的事，都随她吧。

她甚至觉得这样似乎也不错，她不用再看到叶惠的脸，也不用因为美久的事而烦恼。虽然她不希望美久变得不幸，但交给幸次的话一定没问题吧。

而律子则什么也不会剩下，不管是工作，还是家庭。

要不干脆一死了之吧。

忽然发觉自己在考虑自杀，没错，这很简单，只要从九层的阳台跳下去就可以了，这样就可以从这份痛苦中解脱。她一直以为自己是无论如何也不会产生自杀想法的人，可是，如果变得如此凄惨，还要继续忍受痛苦的话，自己活着还有什么意义。

自己为什么要出生？

这都是上天的错，为什么要让我降生在町子的肚子里，神有什么资格说自杀是一件罪孽深重的事。

就这样怀着对神明的诅咒去死吧。

墙壁上的钟表指向八点，美久还没有回来。

不知道她逃学干了什么，是和树季在一起吗？最近分明出现了好转的迹象，可到头来还是一样啊。

放在桌上的手机响起，是寿打来的。

接通电话，“喂。”

“啊，律子。”听到寿的声音，律子感觉心情稍微有一点缓和。

“嗯。”

“你现在在家吗？”

“嗯，刚回来不久。”

“美久在吗？”

“不在。”

“已经快八点了吧，她还没回来吗？”

“是。”

“这样啊……有件事我不知道该不该告诉你，其实，昨天美久给我打电话了。”

“美久吗？什么时候？”

“昨天晚上十一点半左右，突然就打来了。”

美久没有手机，她一定是把固定电话的子机拿到自己房间打的。律子昨天因为太过疲劳，那个时间已经睡了，或许美久是特意在律子睡着后，才给寿打了电话。

“她说什么了？”

“她问了我关于町子的事，对美久来说，应该说是她外婆。”

“为什么？”

“简单来说，她就是想确认自己的外婆是不是真的死了。”

律子对美久说过，自己的母亲死于交通事故。

看来美久已经起疑了，她在怀疑自己的外婆是否真的去世了。

至于原因，律子也能想到。

因为昨天，美久见到了町子，从昏迷中醒来的町子在出门时，正好碰到了回来的美久。

町子见到美久，应该明白了她就是自己的外孙女，但町子并没有表明自己的身份，律子也只搪塞说是自己以前认识的人。但是，或许美久还是有所察觉，隐约觉得那人会不会是自己的外婆。

而且，或许她原本就抱有疑问，寿家里的佛龛上，从未有过町子的遗像，她也从未去扫过墓，甚至家人从不提起外婆的话题。为什么死于交通事故的外婆成了这个家的禁忌，她真的死于交通事故吗？为什么要瞒着自己外婆的事？

所以，美久昨天晚上才给寿打了电话。

“那你是怎么回答的？”

“我当然是和以前一样，告诉她说町子因为交通事故死了。但是，因为美久问得太突然，我有些慌乱，答得不是很顺畅，我也不知道她是不是真的信了，也有可能反而加深了她的怀疑。”

据美久所说，町子在回去时，态度恶劣地对她说“给我记住，我还会再来的”。可或许并没有这么简单，美久只是没告诉律子而已，她和町子可能还说了别的什么。

町子到底对美久说了什么？

美久今天没去学校和这件事有关系吗？

“美久要我不要把她打过电话的事告诉你。但是，我总觉得有些不安，还是觉得告诉你一声比较好。”

“嗯，我知道了，谢谢。我不会对美久说你打电话给我的事。”

“我说，律子，我在想要不要把事情全都告诉美久，听她昨天的语气，很明显已经起疑了。或许美久会觉得只有自己一个人被蒙在鼓里，所以心里不平衡，虽然我也不知道这是不是她变得叛逆的原因。”

“别说傻话了，就因为和那个女人有血缘关系，我们遭受了多少不公平的对待，你难道忘了吗？我希望美久永远远离这些东西，活在干净而纯洁的世界里，我不想把她卷进这么丑恶的世界，为此我才这么努力……”

不由得提高声音。

这一切都是为了美久，为了不让美久受到那种无聊透顶的歧视，为了斩断与町子之间的关系，律子努力至今。

因此，她才无法原谅幸次说的话。

——我想说的是，你从你的母亲町子那里受到的对待，在你成为母亲后，会不会也对自己的女儿美久做了同样的事。

这怎么可能，绝对不是这样，你一个外人知道什么，不要摆出一副好像什么都懂的样子。

“抱……抱歉。”寿说道，“我不是这个意思。律子为了美久有多努力，我是最清楚的。”

“不，我才应该道歉，对你这么大声说话，但是这件事暂时不要告诉美久。”

“好，我知道了。”

挂掉电话，把手机放到桌上，律子直接趴在桌上。

一切都在走向崩塌，对此她毫无办法。

什么都完了，律子预感到。

外面依旧下着倾盆大雨。

不知道美久在哪里闲晃，是不是和树季在一起。还有树季的事，和美久的班主任通过电话后，她心里一直蒙着一层阴影。

如果老师所言属实的话，树季是不良少年团体的一员，而且这个团体曾经引发过案件。虽然在律子看来，树季不像是不良少年，但是，她对自己看人的眼光并没有信心。

不，树季的确给人感觉很容易受人左右，如果是受到哥哥的不良影响，很有可能会做坏事。虽然她不知道去年发生的那个案件，当时还是中学一年级学生的树季参与了多少，可和树季在一起的话，美久今后也有可能被卷入类似事件。

美久知不知道树季的这些事呢？

至今为止，她一直欣喜于美久的改变。可今天美久还是旷课了，也不知道如今在哪里做着什么，希望美久不会因为结束考试的解脱感，做出什么过分的事。

还有就是町子，她究竟对美久说了什么。

町子到底在预谋什么，以及她为什么要录音，这些律子都不知道。但毋庸置疑的是，那个女人是个利欲熏心、满嘴谎言，可以毫不在意地欺骗、陷害他人的人。还会偷盗、掠夺以及杀人，甚至在杀完人后，若无其事地吃下大份牛肉盖饭。那个女人脑子里在想什么，她完全无法想象。

突然想到一种可能性，美久今天有可能去见町子了。

她一直努力想让美久远离那个女人，但不知是不是命运的恶作剧，两人终于还是碰面了。

那时，两人到底说了什么？究竟发生了什么？

她曾经也想过，美久开始变得品行不端是不是隔代遗传的关系，美久的血液里是不是继承着町子的秉性，两人一旦见面，会不会产生共鸣。

已经完全搞不清楚了……

总是不由自主地往坏的方面想，脑袋一片混乱。律子趴在桌上，闭上眼睛。

又过了三十分钟，美久终于回家了。

听到开门的声音，律子马上从桌子上抬起头，站起身走向玄关。

美久就站在玄关处。

头发，不，是全身都湿透了，像落汤鸡一样。

身上穿的不是学校的制服，而是自己的衣服，上身是连帽衫，下身是牛仔裤。水滴从衣服下摆滴答滴答地掉落，鞋子上沾满了泥。

不过，她的眼神却散发着强烈的光芒。

尽管从外表看来，只是一个上中学二年级的柔弱的女孩，此刻更像是浑身湿透的被丢弃的小猫一样，但看向律子的眼神却充满了斗志，毫不退让。她紧紧盯着律子的眼睛，一刻也不移开。就好像在全力奋战一般。

“都这么晚了，你去哪里了？”

被美久的目光震慑到，律子的声音有些没有底气。

“你没带伞吗？”

头发被淋湿，刘海垂在眼睛上，而被挡住的眼睛里正闪着亮光。

美久没有回答，她脱下沾满污泥的鞋子，进入房间，径直走过律子身边。

“给我等一下，美久！”律子抓住美久的手腕，“你今天没去学校对吧，你的班主任老师打电话来了。”

“……”

“你去哪里做了什么？树季在哪里？你们是在一起吗？你们两个一起逃学做了什么？”

美久就这样让律子抓着自己的手腕，定定地站在那里，水滴不断流淌下来，在脚下形成一摊水迹。

“你到底在做什么？”

在我这么烦心的时候，你到底在做什么？我这么努力都是为了你，可你做了什么？

“树季的事，我从你班主任老师那里听说了，那个孩子没问题吧？听说他好像是不良少年团体的一员，你不会也加入了那种团体吧？”

美久依旧站着不动，只有眼睛闪烁着异样的光芒。

“美久，出什么事了吗？你为什么湿透了？发生什么事了？难道……”

脑海里突然浮现出町子被两个男人强奸的画面，下一个瞬间，町子的脸忽然变成了美久的。

——你的父亲就是那个最开始向我打招呼的男人。那个把我压在身下，抽我耳光，绑住我的两只手，粗暴地侵犯我，虐待狂倾向更强的男人。因为刚才你的表情和那个男人简直一模一样，就是那种看着自己主动钻进套子的猎物，想象着接下来该如何折磨、凌辱它时，露出愉快笑容的表情。

町子的声音，还有那冷笑的脸。

人们常说血缘关系无法违背，难道自己无论如何也无法挣脱这一命运吗。

“美久，究竟发生了什么？求你告诉我……”

律子感觉力气一点点从身体里流失，就连站着也很勉强，她用尽浑身力气说出这句话。

美久转过头来，从正面直直地看向律子。

脸上不是平常看向律子时的凶狠的表情，而是惹人怜爱的少女的表情。

美久微微一笑，那笑容天真而纯洁。

“什么都没有……什么都……”

她用嘶哑的声音说道，向律子微微一笑，然后轻微地叹了口气，就在她把肺里的空气全部吐出时，突然，美久的身体一晃，好像浑身的力气全部用尽一样，翻着白眼向下倒去。

“美久！”

律子在美久倒地之前抱住了她。

美久昏迷了过去，碰到美久的身体，律子才发现，虽然她浑身湿透，外表也很冰凉，可身体却在由内向外散发热量。

摸一摸美久的额头，才发觉她在发高烧。

“美久，醒一醒，美久！”

拍拍美久的脸，还是没有醒过来，看来她的身体已经到达了极限。

“得赶快叫救护车。”

律子将美久轻轻地放在地上，拿出手机。

雨已经停了。

律子从医院的窗户，看着外面放晴的街道。

美久还在睡着。

她的高烧超过了三十九度。

但是性命并无大碍，只是比较严重的感冒而已。

“是不是减肥过度了啊？”

医生用诧异的表情问了律子这样一句。

因为美久严重营养失调，免疫力也非常低下，感觉医生的言外之意好像在责怪自己怎么做母亲的一样，律子不知该怎么回答。

静静地望着躺在病床上的美久的脸。

还是中学生的柔嫩的肌肤，但双颊消瘦，皮肤有些粗糙，嘴唇干裂，发质也不是很好，手腕也非常细。

完全没有发觉，直至医生指出营养失调之后，她才发现美久的脸色原来这么差，原来她这么瘦。

一直以来，自己都在关注着美久的什么？尽管自以为是地觉得自己做得很好，可关键的地方却完全没有注意到。自己关注的只是她有没有去学校，今后上不了高中怎么办这些事。她有没有好好吃饭，睡眠时间是否足够，像这种健康方面的事根本没关心。

她是一个失职的母亲，就和町子一样。她和那个即使孩子挨饿受冻，也毫不在意地丢在一边的女人又有什么区别。

幸次的声音再次回响在耳边。

——我想说的是，你从你的母亲町子那里受到的对待，在你成为母亲后，会不会也对自己的女儿美久做了同样的事。

我对美久也做了和母亲同样的事吗？

或许自己不是在守护美久，只是在监视她而已，为了让她变成自己希望中的样子，将她抚养成一个好好上学、取得好的成绩、能让母亲感到骄傲、给母亲争光的孩子。

这样的话，自己的眼睛和监控摄像头又有什么区别。被这种目光盯着，也难怪美久会感到厌烦，产生叛逆心理。

美久睡得很安稳。

静静地看着她的脸，摸着她的头发。

“我可爱的孩子。”律子自言自语道。

好像回到了美久还是婴儿的时候，仔细看的话，还可以看出小时候的影子。那时她和幸次还没有闹僵，她过得很幸福，那是她人生中最幸福的一段时光。

律子脑海中一帧接一帧地出现美久从出生到现在的成长轨迹，就像翻阅相册一样。她们的关系并不是从一开始就是这样，小时候她也会牵着美久的手带她去公园，也会因为一些无聊的小事笑成一片，也曾紧紧抱住因为摔倒而哭泣的美久安慰她。

即便现在……

她只是想保护这个孩子，为了不让她挨饿受穷，为了不让她遭受世人的白眼，为了不让她被受诅咒的命运所摆布。但是，不知从何时起，一切都乱套了。因为她弄错了目的和手段，才让一切发展到了今天这个地步。

为了不让这个孩子受到外界的伤害，自己把她装进了盒子里，可不知不觉中将她困在里面却变成了目的，结果让美久感到窒息不已。

她并不想这样的。

律子久久地看着美久的睡脸，此刻的美久就像睡美人一样，她可以一直这样看下去。

“是妈妈对不起你。”

律子说出这句话，泪水涌上眼眶。

走出病房，去卫生间洗了把脸，然后到自动售货机买了瓶装茶和运动饮料，返回病房。

进入病房时，因为开门的声音，美久睁开了眼睛。她茫然地看了看周围，将目光转向律子。

“这是哪儿？”美久说道。

“是医院，你的烧还没退，还是躺下吧。”

美久大概是一下子想不起来自己为何会在医院，她抬起眼望了望天花板，然后好像记起来一样，安下心来似的舒了口气。

看她的脸色好像稍微转好一点了。

“我口渴了。”美久说道。

“我买了茶和运动饮料，你要喝哪个？”

“运动饮料。”

律子打开运动饮料的瓶盖，递给美久，美久接过去，一口气喝了将近一半。

喝完，美久再次躺下来。

律子说道："美久，我有两件事要告诉你，你躺着就好，听我说好吗？"

美久睁着眼睛，看着天花板的方向。

"今天，我见到了你爸，他重新向我提出想要接美久过去的事，我原本想明天让他到家里来，我们三个见面谈一谈，可美久现在病成这样，所以明天大概是不行了。不过，怎么选择全看美久，我以前也说过，你想去爸爸那边也行，留在我这边也可以。即使去了，如果你想回来的话，什么时候都可以回来。我和你爸爸尽管想法有所不同，可想让你幸福这点是一样的。你只要选择你觉得最舒服的环境就好了，这就是我现在最真实的想法。"

说完这些，律子踌躇了片刻。另外一件事，她在犹豫该不该告诉美久，但她还是下定了决心。

"还有一件事，妈妈……可能会丢掉工作，因为发生了一些事……对不起，我一直瞒着你。你一定也想知道吧，我现在就告诉你，关于我母亲的事。昨天，美久不是在玄关碰到了一个不认识的女人吗，她就是我的母亲，我说我的母亲死于交通事故是骗你的，那个女人……"律子喝了一口茶，润了润嗓子，继续说道，"那个女人……是个杀人犯。虽然事情已经过去了三十年，但因为这件事，我和寿舅舅吃了很多苦头，现在也仍然被折磨着。我真的不想把你也卷进这些事当中，但是——”

律子的话一直持续到了深夜。

自己小时候的事，还有当时的案件，以及之后，自己和寿所受到的屈辱和苦难，也包括町子再次出现后的事。

律子将一切毫无隐瞒地说了出来。

外面又下起了雨，狂风裹挟着大颗的雨滴敲打在窗户上。

13

律子在医院迎来早晨。

病房里正在配发早餐。

律子也在病房小睡了一会儿，美久早上醒来过一回，虽然体温下降到了三十八度左右，可身体依然很倦怠，所以一直躺着没有起来。医生也建议再住院观察一天。

将美久交给医生，律子走出病房。

打开一直关机的手机，一看来电记录，有好几通幸次的未接电话，回拨过去后，幸次马上就接了。

“啊，幸次。”

“律子，你在做什么啊！昨天不是说回去后会联系我吗？”

“对不起，我在医院，一直没时间打电话。”

“医院？发生什么事了？”

“美久病倒了，昨天让救护车送到了医院。只是重度感冒而已，不是什么大病。但她昨天烧到了三十九度，现在体温虽然有所下降，可还是要住院观察一天。”

“真的吗？你不会又在骗我，想要逃避吧——”

“是真的，虽然你怀疑我也没有办法，毕竟我有过欺骗你或是临时取消约定的前科，因为不想让你见美久。但是，这次是真的，所以对不起，今天的约定取消吧。”

“是哪家医院？”

“你不会是想来探病吧？千万不要，因为发生了太多事，美久还处在混乱当中，暂时还是不要刺激她比较好。”

“你刚才也说她不是很严重吧。”

“嗯……医生说是营养失调。”

“营养失调？”

“所以导致免疫力下降，感冒也久拖不愈。”

“你都没有让她好好吃饭吗？”

“嗯……医生告诉我的时候，我也感觉自己不配做母亲。我只是把钱给了美久，却没有好好确认她吃了什么，营养是否均衡。仔细看美久的脸才发现，双颊的确很消瘦，气色也不是很好。至今为止，我都在干什么啊。”

“……”

“不过我反而觉得肩上的重担顿时卸下来了，就连自己也有点搞不懂之前为何会那么固执。或许我只是想向周围炫耀罢了，好让大家知道，就算是一个女人，也可以同时兼顾工作和孩子。说到底，我不过是一个自以为是、固执己见的利己主义者罢了。”

“不，也没有……”

“没关系，我不会再逃避了。虽然今天不行，但下周以后，你有时间的话随时联系我。”

“好，我知道了。”

“那就到时再谈，据我估计，美久大概会去你那里。虽然她没有明说，但凭借母亲的直觉，我觉得应该会是这样，不过我的直觉靠不靠得住就另当别论了。其实我也觉得那样更好一些。”

“我说，律子。”

“嗯？”

“感觉你好像有些变了，发生什么事了吗？”

“也没什么。”

“好吧，总之你想说的我明白了，今天我先回名古屋，改天再联系。”

“说起来，我还不知道要和你结婚的人的名字。”

“她叫晴山，晴天的晴，山峰的山。”

“是个什么样的人？”

“嗯，我想想。爱开玩笑，有幽默感，能用四个多小时跑完马拉松，还很擅长做饭。”

“是和我完全相反的类型呢。”

“可能是吧。”

“那我就放心了，看起来她和美久应该会相处得很愉快，请代我向她问好。对了，一直忘记说了，恭喜你结婚。”

“嗯，谢谢。”

“那再见。”律子挂断电话。

在医院一直待到中午。

办好住院手续，交了费用。美久再次入睡，不过中午时醒了一会儿，午饭也全部吃完了。

到头来，周五那天她究竟去哪里做了什么，律子终究没有问出来。

是和树季发生什么了吗，还是说，和町子有关呢？

尽管律子非常在意，但还是决定等美久出院后再问她。一方面她想让美久专心养好身体，另一方面，她总觉得，如果谈起这个话题，美久会再次紧闭心扉。

仅从表面来看，美久的身体状况在不断好转，精神方面也看不出受过什么重大打击的迹象，关于这点暂且可以安心。

尽管雨已经停了，但乌云依旧没有散去。

根据天气预报，下午还会下雨。昨天叫来救护车后，因为出门比较着急，所以没有带美久换洗的衣服。趁着现在雨停了，律子心想先回家一趟。

乘电车回到公寓时，在公寓入口处，律子看到树季靠着墙壁坐在地上。可能是没怎么睡觉吧，他眼睛下面有很重的黑眼圈，好像没什么精神似的低垂着头。

察觉到逐渐走近的脚步声，树季抬起头来。一看到律子，树季立马站起身。

“你在这里做什么？”律子说道。

“那个……美久呢？”

“昨天美久很晚才回家，而且是在那种大雨天，浑身都湿透的情况下。听说她昨天没有去学校，她到底去做什么了？”

“不是……”

“你也和美久一起吗？你们两个一起逃课去了哪里？”

树季避开律子的目光，低下头去。

“回答我，你们做了什么？”

树季咬住嘴唇。

“也就是说，你们做了什么不能让人知道的事对吗？”

“那个，美久她……”

“我凭什么要回答你！”

在律子的大声呵斥下，树季缩起肩膀。

“关于你的，不对，应该是你们的事，我都听说了。你们的名声很不好呢，你哥哥的恶行我也知道了。”

“那是……”

“你哥哥的那些事你也有参与吗？”

“不，我……”

律子不由自主地举起手，打了树季的一巴掌。

“你这个禽兽！”

再次想起町子告诉自己的事，脑海中浮现出一群男人压制住一个毫无还手之力的女孩子的骇人场景。

律子的父亲是禽兽……

被打的树季踉跄几下。

“你对美久做了什么？”

“没，我什么也没做……”

“那你们昨天做了什么，让一个女孩子淋成那样，你还是男人吗？”

“对……对不起……但是，我真的什么也没做，是真的。”

“你要是做出伤害美久的事，我绝不原谅，我一定会杀了你。”

被律子一瞪，树季脸上露出畏惧的表情。

“请问，美久在哪里？”

“美久现在在医院，她昨天发高烧，被送到了医院。”

“她怎么样了？”

“总而言之，不要再接近美久了，不然我真的会杀了你。”

树季无力地垂下头，一副快要哭出来的表情，微微抬眼看着律子的脸。

“真的很对不起。”

树季低下头，小声道歉道。然后转过身，像逃跑似的快步跑走了。

看着树季的背影，律子忽然注意到了他脚上的鞋子。树季穿的不是自己买给他的新鞋，而是之前的旧鞋。

律子回到家里。

因家里熟悉的味道而放松下来，律子一头倒在床上。她闭上眼睛，可完全没有睡意，明明身体非常疲劳，但大脑却很清醒。

她开始有点后悔刚才对树季说得过重了。

一见到树季的脸，很多事情混杂在一起闪过她的脑海，让她变得一片混乱，最后不仅打了树季的耳光，还骂他是禽兽。这就等于断定树季直接参与了那些事，可是，就算他昨天没有去学校，说不定也只是因为考试后想放松一下，去哪儿玩了。

打开柜子，从里面取出许久未看过的相册。

里面有许多美久小时候的照片。

但是，这些照片只到八岁为止，也就是和幸次离婚为止。当中的大部分照片还是勤快的幸次拍下来收进相册的，之后的照片几乎没有。一来律子讨厌拍照，二来也没有什么值得拍照留念的事情。

律子再次认识到，自己真的是个失职的母亲。

她从未想过要制造一些美好的回忆，和幸次离婚后，甚至没有和美久单独外出过。

律子就这么躺在床上，翻着相册，翻着翻着就有些困了。尽管明白自己必须去医院，可律子决定还是先小睡一会儿。

闭上眼睛，睡意袭来，呼吸逐渐变沉。

她睡得非常沉，就像划着小船在泥沼中前进一样，也没有做梦。

猛地睁开眼睛，一看时间，已经到了下午五点。

“不好，已经到这个点了。”

这个季节，一过五点半，天就会渐渐暗下来，必须快点去医院。律子急忙起来，进入美久的房间，打开衣橱以及床下方的收纳柜，将换洗的衣服和生活必需品装进包里。

还有鞋子，昨天救护车送美久去医院时她没有穿鞋，虽然医院里有拖鞋，可出院的时候还是得有双鞋子。她昨天穿的鞋沾满了泥，所以律子拿出另外一双运动鞋装进了塑料袋。

离开家，乘电梯出了公寓才发现，外面又开始下雨了。

因为忘记带伞，她不得不再次返回家。从玄关处的立伞架上拿伞时，律子注意到上面有四把伞，比平时多了一把，除了自己的一把大伞、遮阳伞和美久的伞以外，还有一把塑料伞。

她不记得自己买过，应该是美久下雨天出门时忘记带伞，所以临时买的吧。

律子没有拿那把伞，而是带了自己和美久的伞，出了公寓，走到停车场。

开车到达医院时，美久还在睡。

医生告诉律子，美久的体温又升到了三十九度，进行血液检查后发现她有些贫血，所以能不能出院要视明天的情况而定。

进入病房，看着躺在病床上的美久，脸比上午的时候肿了一些。双颊通红，出了很多细汗，浑身无力地躺着。

律子只能在一旁看着，什么都做不了。

过了七点，律子打算返回家里。因为护士长劝她，如果一直这样陪着的话，律子自己也会吃不消的，还是回家休息一下比较好。于是律子将美久交给医生和护士，走出医院。

外面已经完全黑了，雨还在下。

走到停车场，刚坐进驾驶席，电话响了。

是一个陌生的号码。

她的第一感觉就是町子，这个时候有陌生号码打来的话也只有町子了。虽然自己并没有告诉她电话号码，但凭着那个女人的狡猾，一定是在调查住所的时候，不知在哪一并查到的吧。

尽管不想接，但她知道逃避不是办法。

现在叶惠、幸次和美久都知道了，自己已经没有秘密可言了。因此没必要再逃避，也没必要害怕。

按下通话键：“喂。”

“啊，喂，是新山律子小姐吗。”

非常奇怪的声音，好像用变声器处理过一样，有些听不太清。

“是的，请问是哪位？”

“啊，您好，很冒昧突然给您打电话。”

从说话方式上可以听出是男人，但怎么说呢，尽管听上去使用的是标准语，但发音以及声调有细微的出入。就像外国人讲国语一样，音调有些奇怪。

会做这种事的人只有一个。

“你是川澄吧。”律子说道。

“哎？啊……川澄？那是哪个呀？不对，那是谁啊？”

“你究竟有什么事，如果只是想戏弄人的话我要挂了。”

“啊，不要。”随之变声器被移除，“哎呀，真是对不起，既然你已经发现了，那就没办法了。我就是川澄，可为什么会暴露呢，我明明用了标准语啊？”

“在我听来，就是说不惯标准语的关西人在蹩脚地模仿罢了。”

“这样子啊，看来都被您看穿了，谁让我从生下来就只说过关西话呢，真是没办法。”

“用陌生号码打来，还改变声音，你究竟有什么企图？”

“别那么生气嘛，就是闹着玩罢了，为了体现大阪人的风趣幽默，开个小小的玩笑而已。”

“又是关于我母亲借款的事吗？”

“借款？啊，你是说町子小姐的借款啊。”

“你威胁我也没有用了，因为你到处打听的关系，我是饭塚町子女儿的事已经暴露了。”

“是我的错吗？哎呀，那还真是做了对不起您的事呢，我没有这个意思的，真是对不起啦。”

“亏你说得出口。”

“不是，这是真的。我在调查的时候，为了不暴露这件事，可是非常谨慎的。”

“不过，我也不怪你，我现在反而觉得一身轻松，因为我自己也知道这一天必然会到来。但对你来说，应该说是太过草率了吧，或者说是失算了，因为这样一来，你就失去了勒索我的筹码不是吗？”

“哎呀，说什么勒索。”

“你再缠着我也没有用了，如果你还纠缠我的话，这次我一定会光明正大地去报警。你也不是完全不忌惮警察吧，说到底，你不过是个可疑的高利贷从业者罢了，不对，准确来说是黑社会啊。”

“怎么能这么说呢，安全放心、诚心实意可是我们红花金融公司的宗旨，我们做的是正经的借贷业务。不过，警察就不要了吧，毕竟对我们双方都不是好事。而且，町子的事已经无所谓了，其实我也没想过律子小姐真的会代为还款。今天我打电话来是为了别的事情。”

“别的事情？”

“事实上，我有些东西想给律子小姐看。”

“给我看吗？是什么？”

“是关于美久的。”

“美久？”

“对，就是美久的秘密。”

川澄发出呵呵的笑声。

“目前为止，这件事我谁都没有告诉，所以请放心吧。等律子小姐看完之后，我有些事情想和您商量。不对，在这种时候，或许是您来找我商量比较合适，因为我大概可以帮到律子小姐。不过，现在说这些还有些早了，因为律子小姐还一头雾水呢。”

“……”

“总之，还是先见一见实物吧，否则律子小姐也无法做出判断，地点就在律子小姐的公寓附近。您知道户田桥吧，就在从您家所在的靠东京一侧的南岸，沿着河川往东走的方向。过了桥，就会在荒川河岸边看到一座木制小屋，您知道那里吗？”

“不知道。”

“您走过去就看到了。我再说一遍，从律子小姐家所在的靠东京一侧，沿着河川向东走，过了户田桥，就会在荒川河岸边看到一座木制小屋。只要看仔细一点就一定能找到，与其说是座小屋，更像是个破破烂烂的储藏室。”

虽然不记得有没有小屋，但律子去过那一带，所以知道大致位置。

“那里有什么东西？”

“我不是说了吗，是美久的秘密。您现在就过去，到达小屋后进去一看便知。不过，千万不要让人看到，这可是为了美久，最好趁天黑的时候，小心一点，确认好没有人看到后再进去。”

“现在就去吗？”

“总之越快越好，那今天就先说到这，明天我会再打电话来的，想必那时律子小姐的心情也整理得差不多了。不过，有一点我事先说明，我是站在律子小姐这边的，一定可以帮到您，所以今后还请多多关照了。那么，再见。”

电话随之挂断。

她从医院直接开车到这里。

把车停在路边，走到堤坝上。桥的周边因为有路灯所以很明亮，可再往前走一点就会暗下来，连脚边都看不到。律子心想，要是先回家一趟，取来手电筒就好了。

雨势越来越强。

远处响起轰隆轰隆的雷声，冷风呼啸而过，大片厚重的黑云正在朝这边逼近。

前方可以看到户田桥，从那里沿着荒川向下游的方向走去。

她仔细看着河岸的方向慢慢往下走，然后就找到了。

河岸边果然有座小木屋。

桥的亮光勉强可以照到小屋的轮廓，所以她才没有看漏。

那是一间十平方米左右的木制平房，看上去很破旧，大概只是简单地用木板搭建，然后加上房顶而成，看上去略微倾斜。

周围除了杂草什么也没有，眼看就要被草丛埋住了，所以如果不注意看的话很难发现。至于为什么会建在这种地方还不清楚，不过现在应该没有人在用了。因为如果有人使用的话，周围一定不会生出这么多杂草。

一眼看上去，就像昭和年代小孩的秘密基地。

从远处看，小屋周围并没有人。确认了没有人在看后，律子走下堤坝，朝小屋走去。

因为从昨天开始下雨的关系，地面非常泥泞。

走进草丛之中，因为看不到脚下，律子每走一步都很小心。

她不是没想过，这有可能是川澄设下的陷阱。但从川澄说话的语气中，她又觉得不太像，而且，就算是陷阱也没有关系。甚至还想着，如果真是陷阱的话，到时就拉着川澄一起去死。

她来到小屋门前。

从近处看，像是一座已经废弃的置物间。

门并没有上锁。

尽管有窗户，但因为玻璃上沾满了泥污，加上天黑的原因，所以什么都看不到。律子不禁想，要放置多久，窗户才会脏到这种程度。小屋里面一片寂静，看上去并没有人。

收起伞，立在小屋门外。

打开门时，应该是年久失修的关系吧，发出了“吱呀”的响声。

里面一片漆黑，腐朽的木板的味道，尘埃的味道，苔藓还有发霉的味道混合在一起，并不是什么好闻的味道。

律子的心脏不禁加速跳动。

美久的秘密是什么呢？在这个破旧的小屋里，能有什么呢？

律子小心翼翼地踏进屋去。

因为眼睛还没有适应黑暗，只能大致看到房间内部的轮廓，与从外侧看相比，感觉屋子内部更为宽敞一些。

突然，律子想起手机上有手电筒功能，于是拿出手机。

就在她操作按键，显示出主页面时，忽然，她感到背后好像有人。

下一刻，背部受到强烈的冲击，刚开始她还没有反应过来，不出一会儿，腰部传来一阵剧烈的疼痛感。

手上失去握力，手机掉落在地上，发出“咚”的一声。

她这才明白自己被人刺了一刀。

刀子就插在背上，身后可以听到犯人急促的呼吸声，犹如蚊子鸣叫一般。

接着，刀子被拔出，血喷溅出来，血压急剧下降，头脑一阵眩晕，眼前开始变得昏暗。

律子面部朝下倒在地上，虽然脸磕到了地面，但并不觉得疼，因为被背部的剧痛掩盖过去了。

从背后被刺的地方流出温热的液体，生命在一点点流失。

她还是没有明白发生了什么，总之自己被刺了。果然是川澄设的陷阱吗，但他为什么要这样做？

这样下去一定会死的，必须赶快叫救护车。

律子在黑暗中努力寻找掉落的手机，但终究没有找到。

背后好热，意识渐渐远去。

手上失去力气，头脑什么也无法思考，这样是不行的……

临死之际，脑海中浮现出的是美久的脸，接着逐渐远去。必须保护美久……美久……美久……

美久的秘密……

你究竟藏着什么秘密？

律子看向身后，但只能隐约看到犯人的轮廓，并看不到脸，只有影子轻微地浮现在黑暗中。

意识逐渐被黑暗吞噬，律子想着，自己要死了——

14

睁开眼睛时，律子坐在一张坚硬的椅子上。

好像要和椅背保持平行一样，脊背挺得笔直，双膝并拢。律子想起上高中时，教美术的老师非常严格，每次面对画布时总会矫正自己的姿势。

上了年纪以后，驼背已经成了常态，大概从高中以来自己的背就没有挺得这么直过了。但不可思议的是，她并不觉得累，也没有特意绷紧肌肉，而是非常自然而放松地保持着这个姿势。

纯白的房间。

地板、天花板、墙壁，全都是白色。就好像刚上完漆一样，非常干净，没有一丁点儿污渍。墙壁上既没有门，也没有窗户，因此与其说是房间，更像是身处货车车厢中一样，不，应该说是高科技的宇宙飞船，因为有一种轻微的飘浮感。

天花板上明明看不到照明灯具，可房间内却很明亮，对时间的感觉好像也停止了，分不清现在是白天还是黑夜。

完全听不到任何声音，寂静得让人可怕。既不冷也不热，空气一尘不染。但反过来说，也意味着感受不到季节。

因为是完全未知的世界，所以无法进行准确的比喻，但给人的感觉就像是从一切压力与烦恼中解脱出来的空间。律子一瞬间以为自己在梦境中，可如果是梦的话，现实感为何会这么强烈，而且自己的意识如此清晰这点也很奇怪。

“这是什么地方？”

自己的声音回响起来，就好像处在隧道中一样，回音非常独特。

眼前是一位少女。

坐在皮制的旋转椅上，正面向桌子写着什么，她手撑下巴，很不耐烦似的歪着脑袋。

因为女孩背对这边，因此看不到脸，不过她黑色的短发柔顺且有光泽，仿佛阳光反射在水面上一样闪闪发亮，让人不由得联想到莫奈的名作《睡莲》。后颈白皙透亮，气质凛然。

咕咕咕咕，突然，好像怪物打鼾一样，传出一阵巨大的肚子叫声。

少女停下手中的笔，看了眼手表咕哝道。

“已经到这个时间了，肚子好饿，真不该因为减肥省去午餐，感觉都没有力气了，先吃点零食吧。”

少女拿出电话拨通。

“啊，喂，是我，帮我买零食来，要大曲屋的味噌烤串和龙龙的杯装冰激凌，浆果放双份，要快！”

少女挂断电话，拿起笔继续写起来。

明明身材像模特一样纤细，可完全不会给人柔弱的感觉，从一些细小的动作中就可以看出，她拥有像发动机一般强劲且灵活的肌肉，即便是在浑身放松、非常懒散的状态下，也感觉不到一丝可乘之机。

少女写完后放下笔，在文件上盖章，然后将其丢进一个写着“完成”的文件盒内。

少女将头发挽到左耳后面，回过头来。

“欢迎来到阎魔堂。”少女说道，“新山律子对吗？”

“嗯……是的。”

“哦——”

少女非常自然地将手指搭在嘴唇上，手中拿着平板电脑，直直地盯着。

刚才有一瞬间，律子不禁忘记了呼吸。

简直是个超级美少女。魅力逼人，这一俗套的词语浮现在脑海中，但这是她目前所能找到的最为贴切的词汇。即便词汇非常俗套，可若用来形容眼前的少女，这一词汇也会被赋予新的含义。少女的美是一种全新意义上的美，甚至有着可以改变词汇含义的力量。

眼眸犹如星辰一般闪耀，轮廓清晰的眉毛，高挺的鼻梁，饱满润泽的嘴唇上涂着红色口红。双颊抹了一层淡淡的腮红，从妆容看上去就像精灵一样。不对，应该说她的五官本身就给人一种魔法少女的感觉。不过，目前还无法分辨她是善良的一方，还是邪恶的一方。

脸上分明没有表情，却给人一种表情丰富的感觉。宛如一幅艺术作品一样，能够让欣赏者产生各种不一而同的想象或灵感。

少女上身穿一件条纹露肩上衣，下身是淡紫色迷你裙，腰间系着一条细细的皮制腰带，细长的双腿下面穿一双黑色的凉鞋。全身穿着极富挑战性，一般女孩穿的话很有可能会被衣服压下去，可少女却能够将其完美地融合。

年龄大概在美久之上，应该是高中生，不，或许更大一些。仅从外表很难判断年龄，就像钻石会永远散发光芒一样，根本无法想象女孩随着岁月增长逐渐变老的样子。

不过，要这么说的话，女孩的一切均是如此。

一般而言，通过一个人的外表就可以判断出一些东西。年龄、出身、学历、职业、性格、IQ、经济水平、运动神经，甚至意志是否坚强，是否可信，等等。可是，眼前的女孩却叫人完全无法判断。

或许对女孩的印象和看法也会因人而异。有人会觉得女孩十分可爱，但也有人会觉得有点可怕。既有开朗的一面，也有阴暗的一面。既有坏心的一面，也有天真的一面。既像文科也像理科，既有数学系逻辑严谨的一面，也有艺术系感性的一面。既像哲学家，也像艺术家。既像满腹学识的精英，也像是喜欢任性耍脾气的小姑娘。既会安静地读书，也会大胆地舞蹈。这些想法都不足为奇。

但是，不管人们对女孩外表的印象如何，实际中的女孩可能又完全是另外一回事。就像人类至今仍无法测量宇宙的大小一样，女孩也不是人类可以估量的，至少凭借人类现有的判断基准无法实现。

她究竟是女神、天使、精灵，还是魔法师呢?

不过，拥有超群的才智和独特的色彩感这点，不论是谁应该都会这样想，或许她真的会使用魔法也说不定。

但只有一点充满违和感。

那就是少女肩上披的大红色披风，只有这个律子很难理解。对少女来说那件披风尺寸过大，最重要的是，那种红色光是看着就会让人感到胃里开始翻涌。因为它让人不由自主地联想到鲜血，不禁令人胆寒。

少女手中拿着平板电脑，跷起一只腿来。尽管从位置上看两人处于同一平面，但律子感觉少女看向自己的眼神像是俯视一般。

“嗯，你的父亲身份不明，母亲是饭塚町子。町子是个非常不检点的女人，时常向你施暴，屡次放弃养育责任。你在政府提供的生活保障，以及舅舅寿的帮衬下，勉强不至于被饿死。但是，町子在你上中学一年级时，引发了杀人事件，遭到逮捕。”

“……”

“之后，你被寿夫妇收养，这对你来说或许是好事。寿将姓氏改为妻子的新山姓，一边隐瞒和‘杀人魔町子’的亲戚关系，一边将你抚养长大。尽管家境并不富裕，还是让你上了女子高中，并供你读完大学。你在大学学习建筑，毕业后进入一家设计师事务所，但一直得不到机会发挥才能。就在你一筹莫展之时，野上叶惠找到了你，于是你们开始合伙创业。在私生活方面，你和福森幸次结婚，并生下美久。但是，与希望你专注于家庭的幸次相反，你总是想着成就一番事业，就这样，两人的分歧逐渐扩大，最终离婚。尽管你拥有美久的抚养权，可与美久的关系却持续僵化，以致无法正常沟通。”

“你为什么知道这些事？”

“你和周围人的人际关系基本上一直处于僵化状态，关于这方面的烦恼也未曾断过。究其原因，大概是你从不服输、崇尚完美主义，以及喜欢将自己所认为的正义强加于人的性格所致。因为只要是你觉得对的事情，就绝对不会让步。而且，因为町子的再次出现，你现在正烦恼得无以复加。你就是度过了这样艰辛的一生的新山律子对吗？”

“嗯，也可以这么说吧。”

少女像老练的相声家一样，非常流畅，一次也没有卡壳地说完了这一大段话。她说的都是事实，也没有可以反驳的余地，而且被少女这种轻快的陈述语气所压制，不知为何内心会无条件地服从。让人觉得既然是这个女孩说的，那就没办法了。

“原来如此。”少女眯起眼。

“请问你是谁？这里是哪里？”

“我是沙罗，三点水加少的沙，罗盘针的罗。这里是阎魔堂，相当于灵界的入口。”

“灵界？你说阎魔，是指那个民间故事里出现的阎魔大王吗？”

“是的。但是，阎魔并不是人类想象中的生物，而是实际存在于平行空间的另一个现实。”

沙罗说明道。

人死后肉体与灵魂分离，灵魂会来到阎魔堂，接受对自己生前行为的审判，根据审判结果决定是上天堂或是下地狱。这点与人类理解中的一样。

原本的话，在这里的人应该是沙罗的父亲，即阎魔大王。但今天阎魔大王和沙罗的哥哥一起去了动物园看最近出生的熊猫宝宝，所以不在。而比起熊猫更喜欢爬虫类的沙罗只好留下代理父亲的工作。

“欸，这里也有动物园啊？”

“地上有的东西，灵界几乎都有。但是灵界有，地上却没有的东西也有许多。”

“比如说？”

“会说话的猫，飞在空中的花，有温度的雪，还有不含卡路里，所以吃多少都不会发胖的巧克力，不过不怎么好吃就是了，果然还是含有卡路里的巧克力好吃。”

“这样子啊。”

律子这才发现，自己的身体动不了。不知是不是因为沙罗对自己施了魔法，感觉全身被锁住一样。可以动的只有脖子以上的部分，除了眼、耳、口，也就是视觉、听觉和发声的功能，其他都无法使用。

不，或许并不是动不了，而是自己本身就没有躯体也说不定，就像三维视觉陷阱一样，或许自己见到的躯体只是幻觉。从感觉上说，就好似变成了透明人一样。

“也就是说，我已经死了对吗？”

“你也可以这么理解。”

“可我为什么会死？”

“嗯，死因是刺杀，有人从背后刺了你一刀。”

“刺杀？”

“地点是荒川沿岸的一座小木屋内。”

“……啊！”

律子全都想起来了。自己进入小屋，刚要取出手机打开手电筒时，就被人从背后刺了一刀。自己没有看到凶手的脸，之后刀子被拔出。自己就好像全身的力气被抽走一般，朝前倒下。

记忆到此为止，看来自己就那样死去了。

最后的记忆，是倒在地上时的尘土的味道，站在身后的凶手的身影，以及后背的剧痛。随后这些东西渐渐远去，意识一点点开始模糊。想到这里，律子才再次切实地认识到自己真的死了。

死因为刺杀这点不会有错，那是一把非常锋利，且刀身很长的刀子。

“是谁干的？”律子叫道。

沙罗静静地盯着平板电脑，一动不动。那个平板应该是电子版的阎魔账，上面大概记录着律子的生平。

“沙罗，告诉我，是谁杀了我？”

“我不能告诉你。”

“为什么？”

“这是这里的规定，死者生前不知道的事是不可以告知的。”

“那沙罗，你知道凶手是谁吧？”

“当然，否则怎么做出对你人生的判断。”

沙罗无视处于混乱中的律子说道。

“那么，该怎么办呢？你算不上是招人喜欢的类型，身边的人也很少对你抱有好感。神经质加上固执、猜疑心重、个性强硬，喜欢将自己的想法强加于人。而且，嫉妒、记恨心也比常人重。作为一个社会人遵法守礼且懂得自律，但就是有些过头了，总结为一句话就是老顽固。虽然我不讨厌你这种性格的人，也想让你上天堂，可是从人生的综合得分来看，你的分数是负数。”

“人生的综合得分？”

“是的，人在现世的所作所为都会被换算成分数，做好事就会加分，反之做坏事就会减分。灵界特有的AI会自动分析你大脑中的记忆，连一些很细小的事都会统计在内。例如给老年人让座可以加三分，旁若无人地边走边看手机，还撞到别人的话，就会减三百分，等等。”

“你是说通过这种方法算出的我的人生综合得分为负数吗？但是，等一下，我有做什么坏事吗？”

“人类通常对于自己的善行会记得很清楚，可自己的恶行却会很快忘掉，要不然就是擅自将其正当化。但是，其实他们在不知不觉当中，或是给周围添了麻烦，或是危害了地球环境，只是本人不自知而已。例如，人类明明靠着食用动植物的生命得以生存，却做出浪费食物、没有环保意识，或是毫不珍惜地使用地球有限的资源等行为。地球不是人类的私有物，可人类却随心所欲，不顾后果地任意破坏。”

“人生综合得分为负数的话，就会下地狱吗？”

“倒也并非一定如此，也有得分为正数却下地狱，或是得分为负数却上天堂的事例。说到底，这都取决于阎魔的一念之间。关键是性质问题，阎魔账只是用来判断你人生质量的参考资料。不过，要让得分为负数的人上天堂，也必须得有其充足的理由，因为需要解释为什么要这么做。由于太麻烦了，我父亲都是正数就上天堂，负数就下地狱，这样敷衍了事。”

沙罗依旧跷起一只腿，看着平板电脑的画面。

“不过，要怎么办呢。你的人生可以说很罕见，幼儿期遭受虐待与贫穷的折磨，长大之后，也因为母亲是有名的杀人犯，受到各种伤害及差别待遇，这对你的人格形成也产生了巨大的影响。因为这种特殊情况，所以无法用普通标准来衡量。”

沙罗噘起嘴唇，陷入思考。

而律子想的却是其他的事。

在上天堂还是下地狱的选择之前，她依旧没有已经死去的实感。

即便肉体已经毁灭，但自己的灵魂就在这里，而且仍旧保有新山律子的人格和记忆。即便突然告诉她你的人生已经结束，她也很难接受。况且，还是在自己不知被何人所杀，以及动机是什么的状态下。

但不知为何，她不可思议的异常冷静。可能是因为感觉不到自己的心跳吧，因此感受方式与平时有所不同，让她能够从冷静客观的角度看待自己。

尽管很想知道凶手是谁，但比起这个，她更担心美久的将来。美久大概会被幸次接过去生活吧，而且寿一定也不会放着美久不管，这一点她并不担心。

可只有一点，她无法确定危害会不会波及美久。

因为不知道凶手是谁，所以律子也无法判断现在是什么情况。要是杀了自己的凶手已经被抓的话，那样最好不过，可是，就连自己都不清楚被何人所杀，警察真的能抓到凶手吗？那么，凶手会不会也对美久施加伤害呢，若真的发生这样的事，幸次和寿能不能保护好美久呢？

凶手究竟是谁？

果然是川澄吗？因为打电话引诱律子去那个地方的人就是川澄，所以他自然是头号嫌疑人。但是，如果川澄是凶手的话，动机又是什么呢？川澄杀掉律子，应该没有任何好处。

而且，川澄所说的“美久的秘密”究竟指什么呢？

难道那只是川澄为了引诱律子到那座小屋随意编造的借口？可感觉上并不像。

事实上，听到“美久的秘密”，律子想到了很多。特别是最近听到的关于树季不好的传闻，还有她和町子之间究竟发生了什么，自己仍旧没有搞清楚。

淋成落汤鸡回来的那天，没有去学校的她究竟做了什么？

还是说美久有着律子不为所知的一面？

她对美久了解得太少了。

到最后，她还是什么都没能弄清楚就死了。

律子再次意识到，即便是自己死了，最担心的还是女儿的事。

一直以来都是这样。

她希望美久幸福，希望美久远离危险，不想让她和自己不祥的过去扯上关系。

真的只是这样，只是为了这个目的，她拼命努力。

但是，不知从何时起，她和美久变得渐行渐远，她开始看不懂那个孩子，也正因为如此，她才会过多地进行干涉。命令她、强制她，希望把她拉到自己希望的轨道上。因为她想让美久成长为自己期望中的好孩子的模样，这样律子就可以沉浸在成就感中，扬扬得意。相反，一旦美久的行为不合乎律子的期望，律子就会向她发泄愤怒。

进入青春期的时候，美久开始无视母亲的存在。律子越来越搞不懂美久，因为不理解而产生的不安，以及无法掌控而产生的焦躁，导致律子只会单方面地斥责美久，甚至还出手打过她。

遗憾的是，直到这时，才能客观地认清这些事实。

作为母亲，她总是固执己见，且徒劳无功。自以为是为了美久好而做的事，仅仅是自我满足罢了。

对美久来说，自己一定是个非常令人讨厌的母亲吧。

突然，律子发现自己忘记了沙罗的存在。

沙罗将平板电脑放在膝盖上，注视着律子的脸。

脸上没有任何表情。

不对，应该说是有表情，但律子无法解读出那是什么表情。在律子看来，她的表情无法归类于喜怒哀乐的任何一种。就像即便人类看了蜘蛛的表情，也不知道它在想什么一样，律子也完全看不懂沙罗的表情。

不过，有一点可以肯定的是，沙罗洞悉一切。

“是美久的事吧？”沙罗说道。

“是的，到头来，我还是没看透那个孩子，在没能互相理解之前就死了。不过，也有美久正处于青春期的关系吧。如果我可以陪伴到那孩子再大一点，再成熟一点的时候，会不会稍微看懂对方呢？”

沙罗已知晓一切，所以虚张声势也没有意义，这么一想，律子便自然地放松下来。

“我一直不知道该怎么和美久相处，自我感觉为了美久好才做的事，如今想来，真的是为了她好吗？或许在美久看来，我只是在给她找麻烦，还不断地践踏她的意志。我们两个人相比，可能我更孩子气一些，就像正值叛逆期的无理取闹的小女孩一样，只想着为什么不能体谅我的心情，而一味生气。虽然我自认为比任何人都要为美久考虑得多，可事实上我只是在考虑自己的事。我是不适合做母亲的人，就像我的母亲一样，我根本没有做母亲的资质。”

“你错了。”沙罗说道。

“什么？”

“之所以不知道答案，是因为你没有认真思考，你所缺少的不是做母亲的资质，而是自省能力和推理能力。”

沙罗换上另一只腿跷起，调整好姿势，锐利的眼神宛如相机的闪光灯一样，紧盯着律子。

“大体来说，人类产生‘为什么’这样的疑问时，很多时候，其实推导出答案所需要的信息已经摆在眼前了。只是，没有人会特意亲切地告诉你‘这就是答案’而已。这些线索通常都以不经意的、没有任何预警的形式随意散落着。换言之，生活不会给你一张已经完成的拼图，只是让拼图的碎片散落在各处。但是，只要你努力磨砺感官，使其变得敏锐，然后用心观察周围，将必要的信息碎片一个一个收集起来，再依据逻辑拼合起来，就会发现答案其实就在眼前。只要具备适当的观察力和推理能力，就一定可以找到答案。但遗憾的是，人类通常蠢到根本发现不了这一点，或者即使发现了，也不具备逻辑性的推理能力，仅此而已。”

“你是说线索已经集齐了？”

“是的。”

“打扰了。”

旁边突然传来一个声音，扭头一看，一个男人站在那里。

是一位身姿笔挺的绅士。

穿一身黑色的燕尾服，系蝴蝶领结，皮肤光泽柔亮，五官端正且有威严感。但并不是站在主角位置上的人，而是其身边的配角，因为长相算不上惊艳，与其站在正当中，更适合收敛气息站在一旁。

男人给人感觉总是以他人为优先，很少主张自我，但相反地，很擅长察言观色，清楚自己的身份和立场，内敛沉稳，从不逾矩。外表干净利落，看得出来他的衣服是熨过的，还可以隐约闻到古龙香水的味道，头发整齐地拢在脑后，胡须也剃得很干净。

不过，仔细看就会发现他身上肌肉隆起，即便是穿着燕尾服，也藏不住那结实的肉体，这点从他的小腿肚上就可以看出。年龄在四十多岁，不对，也有可能是三十多或五十多，总之都不为怪。看上去明明像是阅历会显现在行为举止上的人，可因为脸上几乎没有皱纹，所以和沙罗一样，很难判断年龄。

男人拿着一个托盘，上面是还冒着热气的味噌烤串，以及装有球形冰激凌的两个纸杯。

“您要的东西我买来了。”

男人将托盘放到沙罗的桌上，因为气息不稳，肩膀微微起伏，似乎是跑回来的，不过在沙罗面前努力忍着。

“还挺快的嘛。”

“为了不让味噌烤串冷掉，还有不让冰激凌融化，我骑自行车飞速到商店街买来的。”

“辛苦你了。”

沙罗说道，就像部下为自己辛劳奔波是理所当然一样。

“那么，我先下去了。”

男人不多说一句废话，身体几乎呈九十度鞠完一躬后，利落地转身离去。

沙罗看着眼前的食物，舔了舔嘴唇。

“既然好不容易趁热送来了，那我就不客气了。”

“刚才那人是谁？”

“阎魔专属的秘书官。”

与其说是秘书，倒不如说是保镖。对沙罗高度忠诚，有着为了沙罗可以随时赴死的觉悟，尽管沉默寡言，但内心斗志高昂。这就是他给人的感觉。

沙罗将平板电脑放到桌上。

“因为刚好到吃零食的时间了，那就给你一次机会吧。于我来说是想让你上天堂，但你的人生综合得分是负数，通常是要下地狱的，而你自己好像很想知道真相，最关键的是非常担心被留下的美久。”

“嗯。”

“但是，我刚才也说了，死者生前不知道的事是不能告知的，这是灵界不可动摇的规则。可是，如果是你自己通过推理得出真相的话，那就另当别论了。而且，解开谜题所需要的线索已经集齐了，也就是说，通过现在你脑海中已知的信息，便可以解开谜题。所以，就来一场‘死者复活·推理解谜游戏’怎么样？”

“游戏？”

“是的，你是被谁所杀，如果你能解开这个谜题，我就让你复活。”

“复活？但是，我没有任何头绪。”

“并不是这样，我再说一遍，解开谜题所需要的线索已经集齐了。总之，你选择不参加游戏的话，就这样让你上天堂也可以。不过，若你参加游戏，就能得到复活的机会。可是，如果你没能解开谜题，也要承担相应的风险，到时就只能下地狱了。那么做出选择吧，你的选择是？”

“那个，稍等一下，让我想一想。”

最先浮现在脑海中的还是美久。

她一直以为自己比任何人都关注美久，也比任何人都为美久着想。可是，到头来，她还是没有看懂那个孩子。

自己缺少的不是做母亲的资质，而是推理能力。

律子从未这样想过，听沙罗这么一说，她有种茅塞顿开的感觉。一直以来，她总是担心自己作为母亲是不是有某种缺陷。不过，实际并非如此，只是她思考的还不够。

要考验的是自己的推理能力，只要认真思考，就可以找到答案。

新山律子眼前还有一线希望，只要解开谜题，就可以重新回到美久的身边。

她想做美久的好母亲，这是最后的机会。

地狱没什么可怕的，她至今经历的人生，和地狱也没有两样。

“我想好了，我要参加。”

“限时是我吃零食的十分钟时间。”沙罗说道。

15

“开始！”

沙罗一说完，便拿起一串味噌烤串，张大嘴巴，为了不让味噌酱流下来保持水平，将一块魔芋吞入口中，从放入口中到咽下去时间极短，大概只咀嚼了四五下。

吃相毫不矫揉造作，甚至带着一丝豪爽，就连舔去黏在嘴唇上的味噌酱的动作都十分可爱，就像在看味噌烤串的广告宣传片。

沙罗的牙齿好像比人类更为锋利，更接近于动物的獠牙，味噌烤串不出几下就被嚼碎了。

真是一个不可思议的女孩。

虽然看上去比自己年纪小，但哪一方活的时间更长还很难说。再说，灵界时间的流逝速度和人间是否一样也未可知。阎魔的种族是否和人类一样，会随着年龄的增加逐渐变老，最后死去，就连这点也不清楚。

知识、修养、见识、洞察力……在所有的这些方面，沙罗均在自己之上，可能大脑构造本就有所不同。就像象棋大师也赢不了AI一样，大概她和沙罗的差距也是这种不属于同一层次的事物。

说出的话极具说服力，会令人自然而然地信服。最重要的是，总感觉她已经看透了一切。

所以在她面前既说不了谎，也无法虚张声势，因为肯定会被看穿。然后不自觉地服从于她，可同时，内心并不会感到厌恶。因为这种服从并不是迫于武力的强制服从，而是面对比自己优秀的人，由衷感到敬佩的那种服从。

在沙罗面前，会不由自主地展现出那个最真实的自己。

与此同时，律子也意识到自己一直以来活得多么虚张声势，对叶惠和幸次自不必说，就连在寿和美久面前，她也一直在逞强。她也知道自己是个自尊心很强的人，她想向周围证明自己是个有才能且无懈可击的人，因此奋力扮演成优秀的社会人，扮演成理想的母亲，为了不让别人有机可乘，抓住自己的把柄，所以将自己全副武装起来。

如今回想起来，其实她一直在和“杀人犯的女儿”这一标签进行搏斗，为了向轻视自己的世间还以颜色，她拼尽全力。为了证明律子的人生和那个愚蠢而恶劣的母亲有所不同，她在所不惜。

但是，在沙罗面前，她没必要这样做，因为沙罗洞悉一切，并且会把事实毫不客气地摆在你眼前，让你认识到，你并不是强壮的狮子，只是一只瑟瑟发抖的老鼠。在沙罗面前，自己根本无法反抗，但也正因为这样，她才可以卸下肩上的重担。

吃完第一串的沙罗将手伸向第二串味噌烤串。不行，现在不是看沙罗吃东西的时候。

必须集中精力推理，凶手究竟是谁？

就现阶段而言，律子完全没有头绪。

将律子引诱到那座小屋的人是川澄。因此，最合理的解释就是，川澄为了杀掉律子，以及考虑到之后尸体的处理，才将她引诱到鲜有人去的那座小屋。

但是，川澄应该没有这样做的动机，因为杀了律子，川澄也得不到任何好处。

难道他是打算杀死律子后，夺走律子的钱包？也就是说，这只是单纯的抢劫杀人，可那是头脑简单的蠢货才会做的事，而且很快就会被抓。川澄不像是那么没有头脑的人。

最关键的是，从理论上讲，如果事实果真如此的话，这根本就算不上推理。要说的话，只不过是可能性之一罢了。

不过，可以确定的一点是，凶手从一开始就在那座小屋里。

如果凶手是在律子之后进入小屋的话，不管是脚步声，还是开门的声音，一定会发出某些声响。可直到凶手站在律子身后，并将刀子刺入她的背部，律子丝毫没有察觉到凶手的气息。凶手一定是在律子进入小屋之前，就已经在里面了，并隐藏气息躲在暗处。

想到这里，律子的脑袋霎时一片空白，她完全迷失了解开谜题的突破口，也不知该从何入手。

首先要做的是把握整体情况。

律子在脑海中想象着，自己正被漩涡卷进激流中，快要溺水而亡。但是，如果不从高处俯瞰的话，就不会知道那是什么性质的漩涡，以及漩涡的规模有多大。如果不知道这些，也就找不到逃脱的办法。所以，眼下最重要的是弄清楚自己被卷进了什么样的漩涡中。

迄今为止，她只是一味地挣扎、焦虑、不安。但如今，冷静下来后，她打算重新审视一遍最近发生的事。

事情的开端是町子。

一切的厄运毫无疑问始于町子的出现。

川澄最先找到寿，接着是律子，之后还去了叶惠和幸次那里，向所有人说了町子欠债不还，且失踪跑路的事。

但是，他盯上的人是律子。

律子一直向周围隐瞒着自己是杀人犯的女儿这一身世，察觉到这件事的川澄计划要挟律子，让律子替町子还债。

之后过了没多久，町子出现在律子眼前。那时律子只是把钱包里的钱全部给了她，叫她拿着钱消失。而在那一周之后，町子再次出现，律子怒火攻心，在拉扯时用手机打了町子。她本以为自己杀了人，甚至还开车到购物商城买了刀子等工具，不过，实际上町子只是晕过去了而已。

町子醒来后，拿走了律子房间里值钱的东西，而且，在出门的时候，正好撞上了回家的美久。听说她粗暴地推开美久，还扬言说“给我记住，我还会回来的”。

叶惠和幸次通过与川澄的接触，似乎感觉到了什么，于是查到了律子就是“杀人魔町子”的女儿的事。叶惠想要开除律子，而幸次也坚定了将美久接过去的决心。这都是周五发生的事。

也是在同一天，美久没有去学校，而且在很晚的时候全身湿透的回来，还因为发高烧晕了过去，因此被送到医院，并在医院过了一晚。

第二天中午，律子回到公寓时，见到了树季，她一下子没有控制住情绪，打了树季一巴掌。之后她在家中睡了一会儿，傍晚时又回到医院，因为美久又发起了高烧，所以那天也决定住院。

就在律子打算回家时，接到了川澄打来的电话，她按照川澄告诉她的地址找到那座小屋，并在里面被刺。

这就是自町子出现到自己被刺发生的事。

除了自己的事，这段时间发生的事还有，幸次决定再婚、美久和树季成为好朋友，以及美久的班主任打来电话，告诉了自己关于树季和他哥哥的负面传闻。

“两分钟过去，还剩八分钟。”沙罗说道。

沙罗已经将三串味噌烤串全部吃完，现在正用勺子一点一点地吃着冰激凌。

这么快就用掉了五分之一的时间。

她刚才粗略地将发生在自己身上的事梳理了一遍，可完全没有找到推理的突破口，也无法分辨每条信息的重要程度。凭借现在所掌握的信息真的可以推断出真相吗?

律子决定先把这些事情分为确定事实和不确定事实。

自己亲眼所见的便是确定事实，而从别人那里听来的便是不确定事实。因为听说的事情无法判断是否属实，既存在对方说谎的可能性，也有可能是自己想当然地以为。因此，对于这部分不确定事实，需要先停顿一下，仔细想一想。

一旦这样进行分类，律子才发现原来自己掌握的确定事实这么少。

例如虽然听说了町子借钱的事，可律子并没有见到借据，也没有去向那家金融机构确认。尽管川澄自称是金融机构的调查员，但律子也只是收到一张名片，并没有去做确认。再说了，川澄吾郎这个名字是否是真名也未可知，尽管网上有关于红花金融这家公司的信息，可它是否真实存在还不清楚。

不，从根本上说，川澄和町子这两个人本就不值得信任。两人都是可以毫不心虚地说谎骗人，也可以在意识清晰的状态下实施犯罪的人，这根本就不是正常人能做出的事。或许这两个人告诉自己的事情全都是谎言也不一定。

律子试图回想起在和町子以及川澄的接触当中，自己感到疑惑或者不对劲的事。

她首先想到的就是，町子说她是看了报纸才知道律子的事，律子登上报纸是上个月，可从那个女人的文化水平来看，她最多也就是看看漫画，很难想象她会看报纸。

进一步说，尽管町子说她是通过向律子的母校打电话，打听到了住所，可仔细想想，就算自称是邮局的人，大学会随便就将个人信息泄露出去吗。

如果町子是在说谎的话，那么她又是如何得知律子的公司以及住所就成了关键所在。

另外还有一点，律子一直很在意。

那就是她用手机将町子打晕后，从町子的上衣口袋里找到了正在录音中的录音笔这件事。町子为什么要录音呢？虽然暂时不知道她的目的何在，但毫无疑问那一定不是什么好事。

律子再次回忆起当时的对话。

即使现在回想起来，还是会让人感到不快。

不过，冷静地回想一下，就会发现町子明显在挑衅律子，感觉就像是为了激起律子的怒火，才故意说出那些带有挑衅意味的话语。而考虑到她在录音的事，可以确定这就是她的意图所在。

这么一想的话……

“难道，那两个人是一伙的吗？”

比如说，事情可能是这样。

川澄和町子是同伙，他们总是合起伙来进行欺诈，而这次两人选定的目标是律子。假设川澄是黑社会的话，要调查律子的事应该不难，知道律子的公司后，通过跟踪找到她的住所也很容易。在调查清楚之后，两人来勒索律子。

根据两人编写的剧本，町子扮演欠债在逃的借款人的角色，而川澄则是追债人。

之后，两个人巧妙地轮番纠缠律子，而且在这个过程中，他们并没有做触犯法律的事。举例来说，如果川澄威胁律子说“你不给钱的话，我就把你是杀人犯的女儿这件事说出去”，这样就会构成恐吓罪。但他只是来找律子商量“你能不能替母亲还债”的话，这件事本身并不违法。

这就是两人高明的地方。

他们一方面在心理上不断向律子施加压力，一方面又让她没办法报警，就这样一点点让律子感到厌恶，不想再和他们耗下去，从而拿钱了事，这就是他们的目的所在。

这种做法的确很像黑社会，尤其是不使用非法手段，却能够达成目的这点。因为她不觉得町子有这样的头脑，所以主谋一定是川澄吧。

而且，两人的目的在一定程度上确实达成了。

律子在心理上的确到达了极限，甚至产生了如果两人能永远从自己眼前消失的话，花钱消灾也不是不行的想法。

那个时候，町子突然跑到律子家里恐怕也是川澄指使的吧。他们一定是有某种目的，用录音笔录音也是为了达成那个目的，又或许是为了回去之后把两人的对话拿给川澄听。

现在想起来，町子那时虽然大叫“千万不要叫那个男人过来”，但那很有可能是他们提前设计好的。他们的目的恰好就是让律子叫川澄过来，然后在只有川澄、町子和律子三个人的时候，要挟律子拿钱。

律子的直觉告诉她，这种可能性绝非为零。

冷静下来一思考的话，倒不如说只有这一种可能性。反之，这也就意味着迄今为止她的头脑一直处于不冷静的状态。明明冷静下来就能想通的事，但她一直被迫处于无法冷静的状态中。

包括这一点在内，她完全中了两人的圈套。律子曾听说过，诈骗成功的秘诀就在于，不能让对方冷静下来，扰乱对方的判断力。这话一点不假。

但是，两人的计划在实施过程中，发生了意料之外的事。

那就是律子用手机打了町子的事。町子被打晕过去，律子去了购物商城，之后町子苏醒，偷了房间里值钱的东西，就在要出门时，碰到了正好回来的美久。

町子推开美久，并说道“给我记住，我还会再来的”，但这是不确定事实，因为她只是听美久这样说，或许两人还说了其他话，只是美久没有告诉自己。

两人究竟说了什么，之后町子又去了哪里，律子无从得知。不过有一点，那就是町子今后一段时间应该不愁没有钱花。

另外，如果川澄和町子是同伙的话，那川澄又会采取什么样的行动呢？他试图从律子这里勒索钱财的目的并没有实现。

就在第二天，美久没有去学校，还在很晚时全身湿透地回来。她在哪里做了什么律子并不知道，也有可能是町子对美久说了什么，她逃课的理由会和这个有关吗？

之后又过了一天，律子接到川澄的电话，将自己引诱到那座小屋，说是那座小屋里有“美久的秘密”。

想不明白。

町子的去向、美久逃课的理由，以及川澄的电话。

这些事情会有什么样的联系呢？

美久的秘密……确定事实和不确定事实。

不对，话说回来……

“难道说！”

从内心深处涌上一股寒意。

是的，町子其实真的死了。

自己并没有亲眼见到活着的町子，那是从美久那里听来的不确定事实。

那个时候，町子的确没有了呼吸，是律子亲手杀了她。

“四分钟过去，还剩六分钟。”沙罗说道。

事情的经过是这样。

在与町子的拉扯中，律子用手机打了町子，当时町子不是晕厥过去，而是真的断了气。律子将尸体放到自己的卧室后，去了购物商城，她原本计划在美久回家之前返回，但因为那天美久结束了考试，因此比平常回来得早。美久回到家中后，虽然律子不在，但她还是感觉到了一丝异样，她打开律子卧室的门，发现了町子的尸体。

美久翻看了尸体随身携带的钱包等物品，还听了那个录音笔当中的内容，由此知道了事情的大概，也明白过来这个尸体就是所谓的已经死于交通事故的律子的母亲，以及是律子杀了她。因为町子被打的地方一定肿起来了，所以就连律子是如何杀掉她的，美久估计也猜到了。

美久迅速做出了判断。

她先将尸体拖到自己的房间，然后将律子房间里值钱的东西拿走，还撕了律子的毕业证书。因为通过听录音笔当中的内容，从町子的性格及语气出发，美久推断町子大概会这么做。

之后又对返回家中的律子说了那样的话，让律子以为町子还活着，而且是自己离开的，还告诉自己町子走时扬言说“给我记住，我还会来的”。

律子听了美久的话，彻底安下心来，知道自己并没有杀人，所以才放松了紧绷的神经。

这就是美久的目的。

为了将律子从杀了町子的罪恶感中拯救出来，美久撒了谎，并主动承担了处理尸体的事情。

这么一想的话，律子的人生综合得分是负数也就说得通了，因为她杀了人，所以理所应当。律子自身分明不记得自己做过坏事，可负得分却超过了正得分，原因就是这个。

沙罗当然知道律子杀了町子的事，可因为律子本人不知道，遵循死者生前不知道的事情不可以告知这一灵界的规则，沙罗才没有告诉律子。

问题在于美久在那之后会怎么做。

那天晚上，美久向寿打电话询问了町子的事，尽管美久已经知道那个尸体就是律子的母亲，可关于町子的详细情况她并不知道。在处理町子的尸体时，不论是什么，只要是关于町子的事情，还是知道得越多越好，美久大概是抱着这种想法才向寿打了电话吧。

然后在周五的早上，美久很罕见地自己早早起床了，因为她要是一直睡着不起的话，律子说不定会进入房间叫她起来。这样的话，房间中的尸体就会暴露。

那天早上，律子一如往常，比美久早出门去上班。

关键是这之后，美久会如何处理尸体呢？

周六，律子为了拿美久的换洗衣物，从医院回到家，进入美久的房间时，尸体已经不在了。也就是说，美久在前一天的周五就将尸体转移了出去。

这就是美久那天没有去学校的原因。

在那个下雨天，她花了一天时间将尸体运到外面。

周末律子可能在家，因此不能进行尸体的转移，可若是放置时间过长的话，恐怕会发出腐臭味，要转移尸体的话只能趁周五。美久和律子想的一样，因此便在周五实施了。

那么她会将尸体运到哪里呢?

当然就是那座位于河岸边的小木屋了，而且那里离律子的公寓并不远。

美久本就知道那里有一个已经荒废的小屋，因此便想暂时将尸体转移到那里，虽然还不清楚美久具体是如何进行搬运的，但她在雨中花了一天的时间才完成了尸体的转移。

为了自己的母亲。

对于一个还是中学生的女孩子来说，这种事无论是在肉体还是精神上，都超过了她可以承受的范围，在濒临极限的状态下，加上淋了雨，体温随之下降，所以她一回到家就因为高烧倒下了。

“什么都没有……什么都……”

律子想起美久笑着对自己这样说完，然后倒下去的脸庞。

美久想要将律子杀了町子的事掩盖下去，就像什么都没有发生过一样。

到这里都没有问题。不过，真正的推理才要开始。

问题在于川澄的行动。

假设町子和川澄是同伙。

那个周四的傍晚，川澄指使町子进入律子的房间一定是有什么企图，不过这个先撇开不谈。但是在那之后，川澄便联系不上町子了，因为町子的手机被律子关掉了，所以电话也打不通。

川澄当然会猜到，一定是町子在进入律子的房间后发生了什么。说不定他从周五早上，就一直蹲守在律子的公寓前，就在这时，他看到美久出来。

川澄躲在暗处目睹了美久将町子的尸体从公寓运到河岸边那座小屋的全过程。川澄会怎么想呢，他当然不会想到人是律子杀的，美久是为了掩盖事实主动承担了处理尸体的角色。川澄大概会这么想，虽然不知道发生了什么，但美久杀了町子，以及律子大概不知道这件事。

这就是“美久的秘密”。

川澄的目的自始至终都是钱，他想到以这件事为把柄要挟律子，如果是为了掩盖女儿杀人的事实，律子应该会毫不犹豫地付钱。这样一来，就必须先让律子知道美久杀了町子这一事实，而让律子知道这一事实最快的方法就是，让她见到实物，也就是町子的尸体。所以他才会叫律子去那座小屋，这就是那通电话的缘由。

或许，川澄甚至做好了代为处理尸体的打算，他在电话里说的“我是站在律子小姐这一边的，我一定可以帮到你，所以今后还请多多关照”，大概就是这个意思。毕竟是黑社会的，他一定知道如何让尸体悄无声息地消失的方法。万一因为尸体处理不得当，律子被警察抓到的话，他就什么也得不到了，要敲诈律子，就必须掩盖这一犯罪事实。

律子轻轻地叹了口气。

她总算知晓了事情的全貌，其实只要察觉到川澄和町子是同伙，美久转移了尸体这两点，就能自然而然推导出剩下的事。

推理只剩最后一步，接下来终于要进入主题了。

即是谁杀了律子，以及动机是什么？

“六分钟过去，还剩四分钟。”沙罗说道。

沙罗吃完冰激凌，打开房间的冰箱，取出一罐番茄汁饮料，拉开拉环，插入吸管，看都不看正在苦思冥想的律子，坐在椅子上翻阅着时尚杂志。

时间已经超过了一半。

尽管才六分钟，可律子却感觉非常漫长，是因为处于这种临近极限的状态中，所以对时间的感受和以往有所不同呢，还是说灵界的一秒钟和人间的一秒钟并不等同？与其说感觉很漫长，更像是时间的流逝变缓了一样。

律子重整精神，现在要考虑的是凶手是谁。

凶手当时就在小屋中，并从后面刺向进入小屋的律子。

可以确定的是凶手并非川澄。

川澄的目的一直都是钱，通过要挟律子拿到钱才是他的意图，他没有杀害律子的动机。再说，那个男人的本行就是动用歪脑筋通过奸诈狡猾的手段骗取金钱，应该不会做杀人这种愚蠢的行为。

另外，只是为了以防万一进行确认，美久也不是凶手。当时美久正发着高烧躺在医院，律子从医院出来，接到川澄的电话后，就直接开车去了河岸边。因此，从物理方面考虑，美久不可能杀害律子。

凶手是除了川澄、美久之外的人。

关键大概在于那个协助美久搬运尸体的人。

律子杀死町子的时候，也面临过同样的问题，仅凭律子一人之力，根本无法抬起町子，顶多是通过拖拽进行搬运，更何况是美久。那么，她到底是如何将尸体运到外面的呢。

方法有两种。一种就是律子计划采取的分割搬运，而另一种就是找别人帮忙。

问题在于美久找了谁帮忙。

还有就是，恐怕那位帮手当时就在那座小屋中。

川澄以为小屋中没有人，才向律子打了电话，引导她去那座小屋。但是，这当中出了某种差错，其实那个帮手就在小屋中。美久很有可能没有告诉那位帮手，人是律子杀的，而是将罪行揽到了自己身上。

那位帮手以为是美久杀了町子，为了保护美久，选择帮助美久搬运尸体，也是为了保护美久，不让事情败露，才用刀刺向了进入小屋的律子。这大概就是事情的真相吧。

“咿呀！”

听到声音往前一看，律子忽然发现沙罗嘴里流出了血。

律子感到一惊，不过仔细看，才发现那并不是血，而是番茄汁。似乎是沙罗太专注于杂志，拿罐子的手滑了一下，将番茄汁洒了出来，衣服胸襟上染上了大片红色。

“啊，真是糟透了。”

沙罗站起身，将披风脱下来丢在地上，拿了纸巾，擦拭嘴角，然后看了眼衣服上的污渍，咋了咋舌。像这种地方，感觉和时下的女孩子并无差别。

沙罗拿起电话，拨通后贴在耳边。

“啊，喂，妈妈……没有，还在工作。那个，能帮我拿件衣服过来吗……不是，我把番茄汁洒在衣服上了，你打开我衣装室的柜子，在标着F-3的架子上应该有一件方格花纹的衬衫，帮我拿过来，要快一点。”

沙罗挂完电话，看着衣服上的污迹，又叹了口气。明明是自己不小心，却好像是别人做错了一样，独自怄气。

不行，又被沙罗吸引去了注意力，已经没时间了，律子急忙回到推理。

帮美久搬运尸体的人是谁呢？

律子试着站在美久的角度考虑。

周四的夜晚，美久和尸体度过了一夜。翌日早晨，律子出门上班后，她计划逃课将尸体运到外面。但是，自己一个人根本做不到，她需要帮手。这时，美久会让谁来帮她呢？

美久遇到困难时，有可能会依靠的人大概是寿、幸次、叶惠，大人的话应该是这三个人，还有就是她的同学树季。

除了这四个人，律子想不到其他人。因为凭借律子现在掌握的信息就可以推理出真相，因此反过来说，那个人绝对是她认识的人，甚至可以断言那位帮手就在他们当中。

另外，如果是这四个人的话，应该会帮助美久。如果美久撒谎说是自己杀了町子，而不是律子的话，为了救美久，这四个人极有可能会帮助美久搬运及处理尸体。

那位帮手在周五，和美久一起将尸体运到了那座小屋，之后大概是计划找个地方埋了吧。

美久究竟找了谁呢？

律子再次回忆起那个周五发生的事。

律子去上班后，美久没有去学校，而是找来了帮手。将尸体运到外面的时间，是从律子出门的早上八点到回到家的晚上八点之间，由于时间间隔太长，要从四人的不在场证明着手的话，找出帮手极为困难。

周五那天，律子和这四个人全都说过话。

首先是早上八点左右，在公寓前和树季聊了会儿天。如果树季是那个帮手的话，帮忙搬运尸体就是在那之后，那样的话想必树季也逃课了。

早上九点，一到公司，就被叶惠叫去了，叶惠严厉地责备了律子对她隐瞒了自己是“杀人魔町子”的女儿一事。如果叶惠是那个帮手的话，她接到美久的联系帮忙搬运尸体只能是在那之后。

晚上六点左右，从公司出来时见到了幸次，幸次专程来到东京，再次向律子表达了想接美久过去的想法。如果幸次是那个帮手的话，也就意味着在那一时刻他已经完成了尸体搬运。

最后，在回到家，晚上八点左右时，寿打电话来告诉了自己美久向他打过电话的事。如果寿是那个帮手的话，也就是说在那个时间他已经完成了尸体搬运。

然后，就是美久浑身湿透的回来，再之后，她就一直在医院了。

将尸体从公寓移动到小屋需要花费多少时间呢？那座小屋并非步行走不到的距离。话虽如此，但也得视移动尸体的手段而定，可至少也会花费一小时左右吧。

换言之，从不在场证明这个角度来看，四个人全都没有。

律子尽可能地回忆起与四人之间的对话，寻找其中有没有感到不自然或存在违和感的地方。由于凭借现在掌握的信息就可以解开谜题，所以说自己的脑海中一定存在某些可以锁定犯人的证据。

但是，想不出来。

“八分钟过去，还剩两分钟。”

推理到这里遇到了瓶颈，有可能是帮手的有四个人，可接下来该如何进一步锁定，律子一筹莫展。

“我进来了。”

听到声音，向旁边一看，只见一位女性站在那里。

瘦高身材，留着黑色长发，美得惊为天人。如果只看美貌的话，或许在沙罗之上，但没有沙罗身上的那种魔力感，反而多了些烟火气。

女性手上拿着一件叠好的衬衫。

她大概就是刚打过电话的沙罗的母亲吧，如果是沙罗的母亲，年纪应该在四十岁左右，可从她脸上一点也看不出来。光滑水润的肌肤如牛奶般白皙，脸上没有一丝皱纹，拥有不亚于模特的好身材，以及神明般的面容，但同时眼睛里充满慈爱，嘴角自然上扬，给人感觉一直在笑。

“真是不好意思。”

女性亲和地说道，并向律子微微低头致意。

刚才的秘书官也是一样，灵界的人走路都不会发出脚步声，或许他们和幽灵一样根本就没有脚也说不定。

“来，给你。”

女性将衣服递给沙罗。

“谢啦。”沙罗拿过来说。

“真是的，又把果汁洒在身上，又不是小孩子了。我都跟你说过多少次，不要一边看杂志，一边喝饮料。”

“啊啊，烦死了。”

沙罗对母亲态度很不耐烦。接着，她将衣服展开来。

“我说，妈妈，不是这件啊。”

“哎，怎么会，你不是说方格花纹的吗？”

“我说的不是这个，而是颜色更浅的那件，就是肩膀处是丝带形状的。”

“你不说清楚我怎么知道，里面有好几件看上去都差不多。再说了，你买那么多衣服干什么，根本就穿不过来吧，就算每天穿不同的，也得花个十年。”

“总之，我要的不是这件，你再去拿过来。”

“我才不去，就穿这个怎么了，不是挺好的吗？”

“我不要，这件根本就不搭下面的裙子。”

“怎么不搭了，都一样的。”

“不一样的，你再去拿来。”

“啊啊，麻烦死了，妈妈我这会儿很忙的。”

“你在忙什么？”

“我正在烤曲奇饼干。”

“切，把工作推给我，自己却在做点心啊。”

“这也是很重要的工作好吗，因为要在明天的宫中晚宴上给大家品尝。”

“去店里买来现成的，就说是自己做的，给大家吃不就好了。”

“那怎么行呢，如果谎言被揭穿的话，又会引来众怒吧。我们家本来就处在风口浪尖上，不论何时都是众人瞩目的对象，即便是一点小事，也会被世人拿出来进行批判和责难。”

“那些人想说什么就让他们去说好了。”

“你是没关系，可你爸爸虽然看上去那样，但其实很在意这些，即便是世人的一句无心之言，也会受到很深的伤害。他也是因此精神受到创伤，导致酒量增加，最后变成那副懒散絮叨的样子。”

“别说这些了，快帮我把衣服拿来。”

“我不去，穿这个不就好了。你是在工作，穿什么都一样吧，赶快把你身上那件脏了的衣服脱下来。”

“切，该死！”

“女孩子讲话文明一点。”

“我就说我就说，咧咧咧咧——”

“你这孩子！”

沙罗伸出舌头故意逗弄女性，女性一脸无奈，伸出手做了一个拍打沙罗头部的动作，但实际并未落下。

沙罗终于妥协，将身上染了污迹的衣服脱下，只剩下里衣。

“把这件扔掉吧。”

沙罗将沾有污迹的衣服扔给女性。

“为什么要扔啊，洗一下的话还能穿吧。”

“我不要了，因为已经沾了污迹。”

“多可惜啊，只要用去污剂洗的话，就能洗得很干净。”

“那就把污迹去掉。”

“唉，你可真是给妈妈找活儿的能手。”

沙罗将母亲拿来的衣服穿上。

“看吧，果然很怪，这样子根本就不搭嘛，简直就像北岛三郎[1]留了长发一样。”

“北岛三郎是谁啊？”

“啊，妈妈不看人类的电视所以不知道啊，是一个留着螺丝卷发

1　北岛三郎：演歌歌手，1936年生于日本北海道。成名曲为1962年的《泪之船》。将传统民间歌谣和现代流行曲的唱法熔为一炉，为演歌的发展做出了巨大贡献。——译者注

的演歌歌手。”

“螺丝卷发又是什么？”

“你居然不知道啊……”

“完全无法想象，是头上有很多疙瘩的意思吗？人界当下流行这种发型吗？”

“一点也不流行，倒不如说快濒临灭绝了，但还是有人喜欢，以十万人中大约有一个人的比例顽强地存活着。不过我还挺喜欢的，而且剃得越短越好。对于螺丝卷发的人，为了赞扬他们在当下社会敢于留这种发型的勇气，我一般都会让他们上天堂。”

“你是看这个做出判定的吗？你可真行。”

“妈妈，你还是去帮我拿一趟吧，这两件一点也不搭嘛。”

“没事的，你穿什么都很可爱，因为太过可爱，衣服都失去了光彩。”

“哦，妈妈偶尔也会说好听的话嘛。”

“唉，和你说话真累，那我走了。”

“啊，把这个拿走。”

沙罗将放有味噌烤串的空盘子和冰激凌杯子的托盘递出去。

“好好。”女性接过托盘，朝律子微微低头致歉道，“真是让您见笑了。”然后离开。

沙罗貌似还是不满意衣服的搭配，一脸不高兴的表情，披上披肩坐在椅子上。

“你和你妈妈关系很好呢。”律子说道。

“嗯，也可以这么说吧……”

沙罗跷起腿，完全没有吸取教训，又一边用吸管喝着番茄汁，一边开始翻阅杂志。

仅仅是打翻果汁，换件衣服的小事，竟然可以说这么多话，这在律子看来简直不可思议。同为母亲和女儿的关系，她和美久之间一次也没有进行过这样的对话，彼此没有高度的信任关系的话，这样的对话是不可能成立的。虽然从表面上看，好像是沙罗的母亲因沙罗的任性被耍得团团转，可沙罗能够这样任性地撒娇，也是建立在她对母亲包容力信任的基础之上的。

两人一定是度过了许多温馨而快乐的时光，像是在圣诞节一起制作蛋糕，在下雪时一起堆雪人，一起看电影并交流感想，等等。否则是不可能像这样毫无顾忌地聊天的。

如果自己也能多陪美久度过一些这样的时光，两人的关系是否也不会僵化到现在这个地步呢?

嗯？脏了的衣服……换衣服?

她忽然想到了什么。

周五晚上，美久回家时浑身都湿透了。也就是说，她没有打伞，换言之，美久出门时没有带伞。

那天，雨是从中午开始下的。

通常来说，即便是转移尸体，如果下雨的话，至少也会带把伞。这么说来，美久将尸体运出公寓的时间应该是早上，也就是还没开始下雨的时候。

因为那个时候还没有下雨，所以美久没有带伞，但是在搬运途中却下起了雨，因此才会淋湿。

这样一来，树季不是帮手的可能性很高。因为树季那天带了伞，早晨出门和他聊天时，树季说因为听天气预报午后会下雨，所以带了塑料伞，树季还将伞当作球棒练习挥棒，所以律子记得很清楚。

如果带了伞的话，下雨时一定会打，就算美久没有带伞，作为男孩子的树季应该也会把伞让给她。若是打了伞的话，美久就不会淋成那个样子。换言之，美久浑身湿透也就意味着树季不是那个帮手。

不对……塑料伞……鞋子……

“原来是这样，所以那之后才……”

“还剩十秒。”沙罗开始倒计时，“十、九、八、七、六……”

律子快速回顾了一遍从周四傍晚美久发现町子的尸体，到周六晚上自己在小木屋遇刺的全过程。

事情的全貌骤然浮出水面。

浑身湿透回来的美久。想必那天，她一定是一边淋着雨，一边保持着精神高度紧绷的状态吧。所以才会一回到家，就晕倒过去。

本以为是自己在保护美久，可没想到自己反而是被保护的一方。

那个美久的帮手，是怀着怎样的心情刺向律子，并看着律子倒下呢？

只有自己什么都不知道，不管是美久的事，还是其他。

“五、四、三、二、一、零。时间到，你有答案了吗？”

“是的。”律子回答道，“我果然是个失职的母亲。”

16

“那么，请说出你的推理吧。”

“那就要从我的母亲，町子已经死了开始说起，没有问题吧？”

“没有，继续吧。”

“在我去购物商城的时候，美久回来了，并察觉到了房间的异样，美久打开我的房间门，发现了町子的尸体。她检查了尸体随身携带的物品，尤其是听了录音笔中的那段录音后，大致明白发生了什么，至少眼前的尸体就是自己的外婆，以及是我杀了她的事实。

“美久当即就做出决定，她要保护我。于是，她打算自己处理尸体，伪装成町子还活着，从而将我从罪恶感中解救出来。美久暂时将尸体转移到自己的房间，然后从我房间里拿走了值钱的东西，并对回来的我撒谎说，她在玄关碰到了正要出去的町子。

“但麻烦的事在后面，因为周六日我很有可能在家，所以要将尸体转移出去只能趁周五。但是，凭她一个人的力量根本搬不动町子，所以美久找了树季帮忙。美久大概对树季说人是自己杀的，树季为了保护美久，选择帮她掩盖罪行。

“周五，两人都没有去学校，而是合力将尸体运到了河岸边的那座小屋。那里有一座废弃小屋的事，两人当中至少有一人早就知道。

“问题在于川澄，他和町子肯定是同伙，周四那天，町子突然闯到我家，一定是有什么图谋。但阴差阳错，我把町子给杀了，这对川澄来说无疑是意料之外的事。因为川澄联系不上町子，因此他便猜测，一定是町子进入我的房间后发生了什么，然后从周五一早便蹲守在我的公寓前。

“周五早上，我出门上班后，美久走出公寓，和等在那里的树季说明了情况，之后两人没有去学校，一起回到房间。川澄躲在暗中目睹了两人合力将尸体搬出的过程，并一路尾随，看到他们将尸体转移到了河岸边的小屋。

“他肯定不会想到美久搬运的尸体是我杀的，于是川澄以为是美久杀了町子，尽管不知道两人之间发生了什么。由此他心生一计，想到可以利用这件事，再次对我进行勒索。

“川澄猜想我应该不知道美久杀了町子的事，因此，想要勒索我的话，就必须先让我知道这个事实，而最快的办法就是让我看到实物，即町子的尸体。进一步来说，川澄那时或许已经做好了自己接手尸体的准备。

“然后在周六的晚上，川澄以为树季已经离开那座小屋，因此给我打了电话，将我引到那里。可是不知为何，到晚上时，树季再次返回了那座放着尸体的小屋。

“就在这时，我突然进入，在当时那种黑漆漆的环境下，树季有没有认出我很难说。但毫无疑问的是，的确有人进来了，树季一下子陷入慌乱中，为了保护美久，他不能让尸体被发现，这样想的树季在慌乱中刺向了我，也就是说刺我的人就是树季。”

律子说完自己的推理，看向沙罗。

沙罗跷着二郎腿，保持聆听的姿势。但是，听完这番树季就是凶手的推理，她好像并没有信服，依旧歪着头。

“嗯——这个推理还不够充分，因为你没有给出为什么美久的帮手是树季的证据。按照你刚才的推理，那个帮手是叶惠、幸次或寿之中的哪一个都可以成立。”

“嗯，的确如此。”

律子吐出一口气。

“那么，接下来我就来说明为什么帮美久搬运尸体的人是树季。周五早上，树季是带了伞的，因为他看天气预报说午后会下雨。另外，当时树季穿的是我送给他的新鞋。在我去上班之后，美久走出公寓，告诉树季有事与他商量。

“美久带着树季回到房间，进门时，树季将带来的塑料伞立在了伞架上。然后美久给他看了尸体，两人商量后决定趁着周五我不在的时候，暂时将尸体转移到河岸边的小木屋。

“两人合力将尸体搬出公寓，那个时候还是上午，还没有下雨。当时他们脑子里想的一定全是尸体的事，根本没有心思考虑别的，天气预报的事也早已抛诸脑外。因此树季忘了带走插在伞架中的伞，换言之，我在伞架上见到的那把不熟悉的塑料伞一定是树季的。

“虽然，我不知道不会开车的两人是通过什么方法搬运尸体的，但一定花了不少时间。到中午时下起雨来，可他们又不能再返回去拿一趟伞，所以两个人都被淋湿了。小木屋位于河岸边，一旦下起雨，没有铺设沥青路面的地面就会变得泥泞不堪，鞋子自然就会粘上泥土，树季的新鞋也是。

“第二天中午时分，我从医院回到公寓时，树季坐在入口前，看起来很累的样子。他一定是因为担心美久才过来的，那时他穿的是旧鞋，因为前一天穿的鞋被泥土弄脏了，不能穿了。

“如果树季不是帮手，如果他带了伞，只是在铺有沥青路面的地方活动的话，鞋子就不会弄脏，这样的话第二天应该也能穿。可是他却穿着旧鞋子，这正是他前一天在大雨滂沱中没有打伞，且在没有铺设沥青路面的土路上搬运尸体，以致鞋子沾满泥土不能再穿的证据。换句话说，我家立伞架上的那把透明伞以及他穿的旧鞋子，就是树季是美久的帮手的证据。怎么样，我的推理没错吧？”

沙罗眯起眼睛，直直地看着律子。

“没错，推理正确。”

听到这句话，律子松了口气。

她虽然对自己的推理有一定自信，但另一方面，也对还是中学生的两人是否真的能做到这种事情存在疑问。即便沙罗说了推理正确，她还是有些难以相信。

“既然你已经推理出凶手了，那我来做一点补充说明吧。首先，川澄和町子的确是同伙。简而言之，饭塚町子这个女人与其说没有男人缘，倒不如说她是单纯的笨。町子从监狱出来后，也依旧过着颓废的生活，不仅吃不了一点苦，还总是怨天怨地，把错误归咎于别人。分明没有看男人的眼光，却总是重蹈覆辙。

“对于那次事件也完全没有反省，虽然在法庭上流下了泪水，装出很悔恨的样子，但那只是为了减轻刑罚的行为，至于因自己的事，兄长和女儿会受到什么样的影响，她根本不关心。

“那是两年前的事，町子当时和一个五十多岁的男人同居，那个男人嗜赌成性，用町子的印章借了大约两百万日元的高利贷。之后因为无法按时还款，追债人找上门来，那男人便丢下町子逃跑了。而那个追债人，就是川澄。

“高利贷和黑社会有联系，而川澄就是黑社会的人。町子很快就被川澄抓住了，可是，钱全都被那个男人卷走了，町子手上一分也不剩。于是，川澄调查了町子，一查才发现她就是那个‘杀人魔町子’，以及她还有一个兄长和女儿。尽管作为兄长的寿好像没什么称得上财产的东西，可女儿律子却在社会上获得了不小的成就，应该也拥有一定的资产。经过一番秘密侦查，川澄还查出你对周围隐瞒了自己是‘杀人魔町子’的女儿这件事。

“川澄敏锐的直觉告诉他，可以以此为把柄进行勒索。因此，他向町子提出了联合起来勒索你的想法，如果成功，他还答应给町子一部分报酬。假设能拿到一千万日元的话，除去用来偿还借款的两百万日元，剩下的八百万日元当中，百分之十可以归町子。

“町子听完很感兴趣，不仅借款可以清零，自己还可以拿到报酬，何乐而不为。更重要的是，听到自己的女儿在社会上获得成功的消息，町子感到十分眼红。

“制订计划的是川澄，两人轮番纠缠你，想在心理上彻底将你逼入绝境。利用你不想让别人知道自己是‘杀人魔町子’的女儿，从而花钱消灾的想法。

“事实上，你也的确如川澄所预料的一样，产生了类似的想法。从你紧张的样子中，川澄看出了因为是杀人犯的女儿，你曾遭受了多少不公平的对待，以及这些事给你留下了多大的心理阴影。考虑到你肯定不想让美久也有同样的经历，所以他推测你很有可能愿意出大价钱。

“周四，川澄又出一计，他让町子冲入你家，之后肯定会发展为你叫川澄来的情形，町子虽然嘴上说不要不要，实则是为了刺激你把川澄叫来。

“川澄一来，就成了你们三个人面对面的情况，川澄为此还特意准备了町子的借据，考虑到你可能会请律师做鉴定，所以他准备的是具有法律效力的借据。金额为一千三百万日元，川澄的预想是，最低可以让步到九百万日元。而且，只要你还上欠款，川澄还打算签订保证书，内容是今后他和町子将永远从你眼前消失。

“让町子进行录音，是为了之后自己拿来听，这样川澄就可以知道你们之间进行了怎样的对话，并分析你对町子的话有什么样的反应。

“町子第一次与你见面时也录音了，之后她将录音拿给川澄，便于川澄制订下一个计划。那时町子执意在你面前称呼自己为‘妈妈’，也是川澄的指示，目的是故意激怒你，这就是川澄想要的结果。另外，有录音的话，也可以知道町子有没有按照自己的指示行动，可谓一举两得。看得出，川澄非常谨慎。

“但是，意料之外的事发生了，你杀了町子。

“在你去购物商城的时候，美久那天因为考试结束，因此比平常早回家。她进入房间后，察觉到了一丝异常，你当时由于太过惊慌大概没发现，其实你和町子发生争执时，将餐桌撞歪了，还有遥控器和町子喝到一半的饮料掉在地上，以及房间里残留着町子的香水味，而你也有回过家的迹象。

“美久感觉有些疑惑，推开了你的寝室门，然后就看到了尸体。通过目测尸体的推定年龄和她身上的钱包等信息，最重要的是听了录音笔中的那段录音后，美久反应过来这具尸体就是自己的外婆，以及是你杀了她的事实。她对外婆的事原本就抱有疑问，既没有照片也没有坟墓不说，外婆的事在你和寿之间还变成了禁忌，她早就觉得外婆死于交通事故这件事很可疑了。

“反过来说，看到这具尸体，美久内心的疑问总算解开了，也明白了你一直为这个女人所折磨的事。虽然不知道你去了哪里，但你会采取的行动，美久大致可以猜到，还有你打算掩盖罪行的意图。

“只要听了录音笔中的内容，就会明白町子是个怎样的女人，为了这种女人，不值得你背上罪行，美久也不希望你背负罪恶感。另外，美久也知道，你虽然表面看起来很坚强，内心其实出奇的脆弱。即便你可以顺利地掩盖罪行，总有一天也会被罪恶感压垮。于是，美久从录音笔的内容以及尸体头部的肿痕，推测出你大概是用某个硬物击打了她的头部。这样的话，就当作她还没死就好了，只要让你以为町子只是晕了过去，醒来之后自己回去了就好。

“美久拖着尸体，转移到自己的房间，也包括町子的鞋。并预测了町子醒来之后可能会采取的行动，从你房间里拿走值钱的东西，撕毁你的毕业证书。还撒谎说町子回去时咒骂着‘给我记住，我还会回来的’这样的话。看到你安下心来的表情，美久知道你完全相信了她撒的谎。

“当天晚上，美久向寿打电话，询问了关于町子的事。虽然寿坚持说自己的妹妹町子死于交通事故，但从他结结巴巴、语无伦次的回答中，美久确信了自己的猜想是正确的。

“剩下的就是将尸体悄无声息地处理掉。

“但是，尸体是超过六十公斤的肥胖女人，她需要一个人帮她，美久最先想到的就是树季，至于叶惠、幸次和寿，她连想都没想。在这种时候，也就是沾染上犯罪的时候，孩子一般都不会依靠大人。

“第二天早上，树季和往常一样，到公寓来接美久。你去上班之后，美久马上从公寓出来，将树季领到房间，然后给他看了尸体，解释了事情的经过。不过，美久撒了谎，说人是自己杀的。

“树季当即决定帮助美久，尽管内心很害怕，不过树季还是觉得作为男人，自己必须保护美久。只要将尸体找地方偷偷埋掉，掩盖犯罪事实就可以了。毕竟还是未成年人，不会像大人一样考虑更多，也没有大人那么强烈的自我保护意识，再加上树季本身就是非常容易受人影响的性格，不论是好的还是坏的，所以很多时候根本没有判断事情的善恶便做了。

“两人商量应该如何处理尸体。

“由于过于紧张恐慌，两人没有考虑过将尸体进行其他处理的办法。他们商量的结果是，周五逃学一天，在你去上班的时间，暂时将尸体转移。树季知道河岸边有座废弃的小木屋，那是他小学生时的秘密基地。那里原本是一处船只休憩处，小木屋是给船员休息用的，但已经荒废十多年，如今没有任何人使用，而且距离也不是很远，因此两人决定先将尸体转移到那里。

“树季率先行动，找了一辆手推车，将尸体装进里面。两人在上面盖上一层布，遮住尸体，合力搬出公寓。因为推车上带有轮子，所以也不算太吃力。

“两人是早上出的公寓，那时还没有下雨，树季完全忘记了自己的塑料伞还立在美久家伞架上的事。为了尽量避人耳目，两人避开主通道绕了远路，因此到达小屋足足花了四个小时。虽然两个中学生在大白天，用手推车推着很大的东西走在路上非常引人注目，但正因为太过大胆，谁也不会想到里面装的竟是尸体，所以并没有人向警察举报。

“到了下午，开始下起雨来，但距离目的地的河岸边已经走了一半以上的距离，因此两人淋着雨继续行走，将尸体运到了小木屋。

“再来看川澄这边，周四的晚上，他让町子冲入你家后，为了便于你叫他时随时都可以过去，川澄一直在附近的酒店待命。可是直到第二天早上还是没有等到消息，打町子的电话也一直是关机状态。黑社会的直觉告诉他，一定是发生了什么事。

“然后周五一早，川澄便将车停在你家公寓附近暗中监视。早上，到上班时间，你和平常一样走出公寓，在公寓前和树季聊了会儿天，而且表情看上去很正常，并没有什么异常。你离去后不久，美久出来了，还一副很焦急的样子，她和树季说了几句话，然后一同返回了公寓，直到去学校的时间，两人也没有出来。因此川澄判断，需要跟踪观察的不是律子，而是美久。

“川澄在原地继续蹲守，过了一会儿，树季一个人走出来，不一会儿又推着一辆购物推车回来了，真是越来越可疑了，然后就见两人用手推车推着一件很大的东西出来了。看到这里，川澄便确信那里面装的一定就是町子的尸体，虽然不知道发生了什么，但川澄猜想应该是美久杀了町子，然后找树季帮忙处理尸体。

“川澄还推测，你大概不知道美久杀了町子的事，因为从你早上的表情中，完全看不出发生过什么的样子。那之后，川澄一直暗中尾随，并看着两人在大雨中将尸体搬到那座小屋。

“再次回到美久和树季这边。

“将尸体搬到小屋后，两人打算将尸体埋掉，便在附近找了一块地方，开始用铁锹挖坑。碰巧小屋里正好有一把铁锹，应该是很久之前有人用过的，不过有点生锈。

“但是那一带地层很坚固，挖个数十厘米便会遇到坚硬的土壤，很难再挖下去。两人仅是在大雨中将尸体转移至小屋，就用去了大量体力。在这种情况下，他们还是交替着挖了一会儿，可挖出的坑完全不够埋下一个人，两人只好决定当天先回家。

“美久一回到家，就因体力透支晕倒过去，又因为淋雨发烧，被送往医院。

“树季回到家后自己想了一下，那个地方没有挖土机的话，是很难再挖下去的。虽然那座小木屋应该没有人在使用，但也不能保证绝对不会被发现。有没有更好的藏匿方法呢？树季一筹莫展，最后还是没能得出答案，他小睡了一会儿，早上又去了你的公寓。因为前一天的事，他的鞋子沾满了泥土，所以只能穿旧鞋。

“但是，因为你和美久在医院，树季按了呼叫铃也没有人应门，美久又没有电话，无法取得联系，他只好在公寓门口等。前一天积累的疲劳感涌上来，树季就那样坐在地上靠着墙壁睡着了。

“然后在中午时分，你回来了，听你说美久晕倒住院，树季马上就反应出是前一天太劳累的关系，他觉得让美久淋了一身雨是自己的错。于是他暗下决心不再依靠美久，剩下的事就由身为男人的自己一个人来做，怀着这种使命感，树季再次回到河岸边的小木屋。

“那天是周六，即休息日，尽管距离小屋不算太近，可河岸边的棒球场上有一群孩子在练习，周围还有散步的人。因为不想让人看见，树季一直等到夜晚降临。

“天黑之后，他在小屋周边走来走去，试图寻找土壤较为松软的地方，他也试着挖了几处，可结果哪里都是一样，挖个几十厘米就会遇到坚硬的土层，手里的工具根本无法挖下去。于是他下定决心，只能采取极端手段了，但不能让美久来做这种事，要做的话只能是自己。于是，他回了一趟家，从家里拿来哥哥给他的野外生存用的工具。

“再次回到川澄这边。

“川澄在前一天晚上，美久和树季回去之后，进入小木屋亲眼确认了町子的尸体，然后便想以此为筹码来威胁你。如此一来，他等于是将美久的人生握在了手里，以此作为筹码的话，别说是你的全部财产，或许今后还可以永久地威胁你。

“为此，就必须先让你知道美久杀了町子的事，直接说的话你肯定不会相信，所以最快的办法就是让你看到尸体。川澄还做好了处理尸体的打算，如果能拿到你的全部财产的话，这简直就是小事一桩。

“所以川澄才打电话给你，他看到树季回去，以为今天他不会再来了。你接到电话后，从医院直接去了那里，可是，就在这个空当，拿了刀具的树季又返回来了。

“树季进到小木屋，面对尸体，想着动手，可是犹豫了很久，还是很难鼓起勇气行动。因为不想看得太清楚，他关掉照明灯光，等眼睛适应黑暗，可以大致看清尸体的轮廓后，树季在黑暗中调整好呼吸，不断暗示自己不做不行，就在他提起勇气打算动手之时。

“突然，吱呀一声，小屋的门开了。

“有人进来了，因为光线太暗，树季并不知道来的人是谁。但可以确定的是，进来的是一个人，而且是比自己身形高的大人，也就是说来人不是美久。总之有人来了，这样下去尸体一定会被发现，那样美久就会因杀人罪被逮捕。

“他陷入了慌乱，那个身影好像在拿什么东西出来，是从口袋中拿出了手机，应该是要打开手电筒。不行，不能让尸体被发现。他本来就身心俱疲，此时已经丧失了正常的判断能力，一心只想着必须保护美久。在这种念头的驱使下，他用手中的刀刺向了那个身影。大概就是这么一回事了。”

沙罗好似在放松肩膀的肌肉一样，扭了扭脖子。

人们常说儿女不知父母心，可反过来说，父母又对儿女了解多少呢，没想到那两个孩子竟能在律子完全没有察觉的情况下，做到这个地步。在觉得难以置信的同时，律子想，或许也正因为他们是孩子才能做到，如果不是内心十分纯粹的孩子，是绝对不可能做到的。

但是，美久为什么会为了我这样做？

只有这点律子无法理解，她一直以为美久恨着自己，为何美久会为了自己这个母亲做这件事呢？

沙罗继续说道：

“那再来说一下你被刺之后的事吧。实际上，距离你被刺已经过去了两天，树季刺向你之后，打开照明工具，才看清来的人原来是美久的母亲，他陷入恐慌，之后他翻看了你的钱包，从中找到医院的收据，知道美久所在的医院，第二天去见了美久。

“美久的烧已经退下去，身体也好了许多，当她得知树季刺了你的事，觉得这都是自己的错，是自己将树季卷入了这件事。随后她溜出医院，和树季一起，拿上了手头所有的钱开始逃亡。两人没有明确的想法，只想着逃往远方，现在正在向西移动。

“到了周一，也不见你来上班，打电话也不接，于是叶惠报了警。警察根据你的手机定位找到了那座小木屋，并发现了两具尸体，然后立马怀疑到不知所踪的美久身上，此刻正在进行追捕。另一方面，美久和树季仍在逃亡，可是两人的体力已到达极限，再这样下去，恐怕他们会选择自杀。”

“自杀？等一下。”

“顺带一提，在你被刺的第二天，川澄在小木屋中找到了躺在那里的你，他一看这下子事情闹大了，于是便在卷入麻烦事之前逃之夭夭了。为了不给警察留下线索，还处理掉手机，完全销声匿迹。”

“川澄怎样都无所谓，沙罗，快让我复活吧，我得赶快去阻止两个孩子自杀。”

“放心吧。虽然我说过让你复活，但准确来说是将时间倒回去，如果倒回太多的话之后调整起来很麻烦，所以我会将时间倒回到你被刺之前的一刻。”

“死之前的一刻是指？”

“就是树季打算拿刀刺向你的时候，不过，你来过这里的记忆会全部消失。”

“所以与其说是复活，不如说是回到死前对吗？但是，如果失去记忆的话，不是又会被杀吗？”

“关于这点你就不用担心了，我会看着办的。”

“是吗，不过记忆会消失也是没办法的事。顺便问一句，不能回到杀死町子之前对吗？”

“那是不可能的，因为町子已经接受审判了。即便是阎魔，也无法推翻审判结果让她复活。”

“我想也是这样，就是问问而已。”

即使可以回到杀死町子之前，律子也不打算回去，自己犯下的罪过是无论如何也逃不掉的。

律子说道："她肯定是下地狱了吧？"

"这我就不知道了，因为那天是父亲负责。不过想必如此吧，杀人、虐待儿童、威胁、盗窃、诈骗、暴行、恐吓，包括你不知道的罪行在内，她可谓是染指了所有犯罪行为，被你杀死也纯属自作自受。"

"好的，我知道了。"

"那这就开始吧。"

沙罗坐在旋转椅上面向桌子，将键盘接入平板电脑，开始打字，输入完成后，转过身来。

"那么，我开始了。"

"在那之前我可以问一个问题吗，为什么美久会帮我呢？"

"你这么问的意思是？"

"因为，再怎么说，我们也算不上关系好的母女，而且我一直以为美久很恨我。"

"你错了，其实并不是这样，美久帮你的理由，就是单纯地因为你是她的母亲。"

"……"

"正如你爱美久一样，美久也爱你，就像你祈祷美久的幸福一样，美久也希望你幸福。"

沙罗翘跷着腿，斜眼看着律子。

"不过，实际上她也确实恨过你一段时间，特别是刚离婚之后。或许你自己并没有意识到，可那段时间，你在精神方面极度不稳定，虽然最近因为事业渐上轨道稳定了许多，但当时只要有一点小事不顺心，你马上就会变得神经质起来。

“你想要让幸次，或者说让世人看到，即使变成单亲家庭，自己一个人也可以同时兼顾工作和孩子，为此拼命扮演理想的母亲，同时也强迫美久扮演理想的女儿。

“而当事情没有顺着你的意愿发展时，你就会将怒火发泄到女儿身上。美久没有向邻居好好打招呼的话，你就会觉得，幸次和世人会认为你是一个连打招呼也教不好的母亲。美久的成绩一旦下滑，你就会觉得，自己会被人当成是无法给孩子良好教育环境的母亲，在这种强迫观念的影响下，你动不动就斥责美久。你要求自己做到尽善尽美的同时，也将这一想法强加在美久身上。

“你就是有这样的一面，不过这在某种程度上也是没办法的事，因为顶着杀人犯的女儿这个标签，你吃了不少苦，犹如犯罪者一样，受到毫无道理的差别对待，被充满偏见的目光注视，去哪里都被排除在外。每逢遇到这种事就转学，寿也不得不换工作，也不知搬过几次家，过着像逃亡一般的生活。对于这种生活的恐惧已经深深扎根在你心中。

“正因如此，为了撕去这个标签，你也比常人付出了成倍的努力。你想证明给世人看，即使是杀人犯的女儿，也可以通过努力学习，取得事业上的成功，构筑圆满的家庭，抚养儿女。你想让那些曾经歧视你的人另眼相看。

“一定要争口气给大家看，这种想法既是你的原动力，也是你的缺点，那就是过于固执、克己、不服输，加上你原本崇尚完美主义的性格，想法就更容易变得僵化，而且你还一直将自己的想法强加在女儿身上。即使是美久的成绩下滑了一点点这种小事，你就像是天塌了一样反应过度，因此斥责美久，内心毫无从容可言。

“那是美久上小学五年级的时候，早熟的美久进入青春期，开始变得多愁善感，对很多事渐渐抱有疑问。虽然你不知道，但那个时期，美久在学校过得并不开心。突然，和她关系很好的朋友开始无视她，将她排除在团体之外。

“因为那时你们的关系已经疏离，美久无法开口找你商量，只能一个人默默忍受，进入中学后内心封闭也是这个原因。

“明明发现不了女儿内心受到的伤害，可一旦女儿做出违反自己意愿的事，就会严加斥责。美久对于这样的母亲感到厌烦至极，但在厌烦的同时，你的努力她也看在眼中，不管是工作还是育儿，你都非常努力，毫不妥协。只是，美久怎么也理解不了，为何你要这么卖力，以及为何你要将自己的标准强加在她身上。

“如今你的事业取得成功，生活变得宽裕起来，对美久的态度也发生了些许改变。美久自己也知道这样下去是不行的，加上树季的开导，于是便暗下决心，好好学习，改变自己。最重要的是，那时你告诉她的那句话。

“‘或许听起来像是谎言，或许你会觉得我只是说说而已，但我真的很爱你。’

“其实能听到你的真心话，美久非常开心，尽管她脸上没有表现出来。之后，在她打开你的寝室门，发现町子的尸体，并听到那段录音时，美久的内心将很多事都串联在了一起。她突然明白了为何你会这么努力，以及你在和什么做斗争。

“美久这才理解，原来一直以来你都在和她的外婆做斗争，她不想看你输掉，所以，她帮了你。其实她和你很像，尤其是在不服输这点上。美久心想，怎么能输给这种女人，怎么能让这种女人毁掉母亲以及自己的人生，为了不输给这个女人……她很快做出决断，于是就有了后面她为你做的一切。”

我居然什么也不知道。

至今为止，自己有看懂美久吗？

明明生活在同一个屋檐下，明明自己是距离美久最近的人，可直至沙罗说出来，自己竟然完全没有察觉到美久的内心。

不，其实她知道。

美久是一个坚强又温柔的孩子。

“原来是这样，那个孩子竟然会这么想，我一点也没有发觉，我果然是个不合格的母亲。”

“什么样的母亲称为合格，什么样的又不合格，并没有一个明确的标准。教育孩子并不是告诉他们正确答案，而是培养其独立自主的人格，让他们能够通过自己的思考得出正确答案，并且在得出正确答案之前，即使要经历痛苦的过程，也不会放弃思考。

“如果只是教给他们什么是正确答案的话，让孩子考上东京大学也不是难事，因为学校的课程必定有考试范围，正确答案也一定能在书本中找到，只要拥有能装下这些知识的记忆力就可以了。但是，因为习惯了这种方式，教科书上没有答案的话，就不会用自己的头脑思考，即使遇到问题，也不知道要怎么做，应该怎么做，这种东京大学毕业的‘精英’也大有人在。

“可偏偏就是这种人会坐上财务长官的位置，将错误的前例当成正确答案，一味地重蹈覆辙，致使服务机构债务缠身。尽管这类人很擅长解开有正确答案的问题，可正确答案是随着时代而变化的，但他们却将很久之前的教科书上的正确答案，依旧适用于这个时代，不加思考和反省，只知沿袭。将服务机构引向灭亡的往往就是这种人。

“人生的问题没有正确答案，重要的是抛却先入为主的观念，用自己的眼睛用心观察，并以负责任的方式接触这个世界，即使再痛苦再迷茫，也要用自己的头脑思考。

“暂且不论对错，单从女儿对妈妈的爱这点上，美久当时的选择，就可以理解了。虽然对她来说这一切都很突然，但她还是在短时间内做出了决断，并做到这个地步。

“不过，因为毕竟年纪小，不成熟，她有时会想得太多，也会将问题复杂化。但是，不同于那些什么也不去思考，只会理所当然地享受从父母那里得来的东西，在大人的娇惯下长大的孩子，美久懂得金钱的来之不易，理解人心的痛苦，也明白父母的艰辛。

“所以，你这个母亲不是当得很好吗？从给孩子树立了努力向上的榜样这个角度来说。有些母亲会把自己的孩子考进东京大学一事拿来炫耀，认为孩子进了东京大学，所以我的育儿是成功的，在我看来简直愚蠢至极。对于母亲的定义也没有正确答案，大家千差万别，各不相同。用一个基准去衡量所有事物，并判断上下优劣是你的坏习惯，你不觉得这样很愚蠢吗，不如改掉怎么样？”

沙罗像卸下力气一般轻微地笑了一下。

“你有些过于仇视这个世界了，虽然我也能理解因为是杀人犯的女儿遭受蔑视，想还以眼色的心情。可是，你越是对这个世界抱有敌意，世界也会同样对你抱有敌意。再怎么说，你也没必要在自己亲近的人面前逞强。不管是叶惠，还是幸次，他们并非是讨厌你，甚至很认同你的某些方面。

“但因为你在他们面前总是虚张声势，毫不掩饰对抗心理，所以才会让对方感到厌烦，从而对你保持戒备。就是你的这种死板的态度让人际关系变得复杂化了。

“叶惠其实也想和你一直工作下去，她现在也在朝着这个方向努力。另外，你似乎在怀疑叶惠拿的工资比你高，但实际上并没有。她和你的工资是一样的，她能买那么多名牌产品，过着奢侈的生活，仅仅是因为她完全没有存钱的习惯罢了。

“幸次也是，他并没有否定作为母亲的你，虽然他想将美久接到自己身边，但那只是因为他觉得，不管是对你还是对美久来说，或许分开生活才会让你们的关系缓和一些，并不是说他想从你身边夺走美久。

“叶惠、幸次、寿，以及美久都是站在你这边的。对于自己亲近的人，偶尔示弱一下，向他们倾诉倾诉烦恼，请求帮忙也是很有必要的，希望你也能拥有这份从容。你若有心，我亦有意，你向对方敞开心扉的话，对方也会向你敞开心扉。将所有人视为敌人，恐吓似的不断吼叫，不让人接近很累吧。不过，这也的确很像你就是了。”

“呵呵。”律子不由自主地笑了。

这或许是她生平第一次感到内心如此温暖。

沙罗就像春天，犹如春日的暖意一点点融化冬天结冰的大地一样，沙罗的话也一点点融化了律子的内心。

“我能再问最后一个问题吗？树季是个什么样的孩子？”

“他是个憨厚的孩子，虽然脑子不笨，但缺乏集中力，所以成绩也不是很好。如果有想看的电视节目，就会无法集中精力学习，总而言之还是个小孩子。性格温柔，对美久很绅士，有正义感。尽管生性怯弱胆小，但为了自己的好朋友，他会鼓起勇气，伸出援手的。

“另外，容易随波逐流。和坏朋友在一起的话，很容易在群体心理的作用下做坏事，即容易受人影响，特别是他哥哥的影响。树季的哥哥从属于当地的不良团体，曾受团体老大的委托做过一些不良勾当。

“而他也让弟弟帮了忙，树季什么也不知道，只是向几个女孩子派发了传单，问她们有个聚会要不要去，至于那个聚会是什么性质，他并不清楚。树季自身既没去参加过，也没拿到任何好处。

“但没过多久就发生了那起事件，树季和他的哥哥都接受了警察的调查。树季这才知道真相，他深刻反省了自己，已经切断了和那个团体的联系。就在这几天，警察应该会对那个团体的老大及几名主要成员发出逮捕令，但其中并不包括树季和他哥哥。美久的班主任并不清楚状况，但真实情况就是这样。”

“原来是这样啊，看来我对树季说了过分的话，竟然骂他是禽兽。我自己也因为被人说成是杀人犯的女儿而痛苦不已，可我却相信了老师的一面之词，对树季产生了偏见。”

“树季和美久成为朋友之后，也在一点点改变自己。为了能得到美久的认可，他开始努力学习，这次的考试分数应该也上升了。”

“是吗？”

“看来你已经没有疑问了，那就开始复活吧。”

“谢谢你，尽管发生了这么多事，但现在我全都明白了，这次的经历真是太宝贵了。不然的话，我是无法改变自己的。”

“今天遇到我真是你的幸运，要是父亲的话，一定会二话不说叫你下地狱，因为父亲审判时根本不怎么看阎魔账。”

“是啊，我真的很幸运。不仅得到了复活的机会，还不用连累树季变成杀人犯。”

“你复活后要怎么做呢，你会自首吗？还是选择逃跑？”

“要怎么做呢？我复活后，来过这里的记忆会消失吧，其实我也不知道自己到时会怎么选择。”

为了美久，为了树季，自己应该怎么做呢？

作为母亲，作为一个人，自己能做什么呢？

复活之后我会怎么做呢，是害怕得逃跑呢，还是说……

真的不知道。

“总而言之，这都要看你自己了，回去后，不论你想怎么做，我们都干涉不到了。那我开始了，因为要强行进入时空的缝隙，所以会很痛，请忍着吧。”

沙罗露出一个如奇迹般可爱的笑容。

“那么，再见了。芝麻开门，新山律子，重回地上吧！”

沙罗按下回车键。

17

——收起伞，立在小木屋门外。

打开门时，应该是年久失修的关系吧，发出“吱呀”的响声。

里面一片漆黑，腐朽的木板的味道，尘埃的味道，苔藓还有发霉的味道混合在一起，并不是什么好闻的味道。

心脏不禁加速跳动。

美久的秘密是什么呢？在这个破旧的小屋里，能有什么呢？

小心翼翼地踏进去。

因为眼睛还没有适应黑暗，只能大致看到房间内部的轮廓，与从外侧看相比，感觉屋子内部更为宽敞一些。

突然，律子想起手机上有手电筒功能，于是拿出手机。

就在她操作按键，显示出主页面时。

轰隆，瞬间电闪雷鸣，好像神明在发怒，用拳头敲击着天空一样，传来一阵巨大的雷声。

雷声距离很近，好像整个大地都在摇晃。

律子吓得缩起身子，看向身后。

突然一个闪电劈下来，尽管窗户已脏污不堪，但闪电的光亮依旧透了进来，在短短的一瞬间照亮室内。

律子注意到背后站着一个人影。

“呀！”律子发出尖叫。

人影好像也被雷声吓到一样，肩膀不停抖动，并向后退了一步。

人影就站在那里，但因为光线太暗了，所以看不到脸。

律子与人影保持一定距离，相互对峙，双方都一动不动，好像时间静止了一样。

雷鸣声依旧盘旋在脑海中。

律子拿起握在手中的手机，打开手电筒，将光线照向那个人影。

站在那里的人是树季。

“树季？”

树季两手握着一把刀，刀尖朝向律子，但他缩着腰，不敢向前，朝向律子的刀尖在轻微颤抖。

不，准确来说是树季自身在发抖，他的肩膀和膝盖，乃至全身都在发抖。

神情充满了恐惧，就好像身处冰天雪地被冻得发抖一样。

为什么树季会在这里，并拿刀朝着自己？

雷鸣声再次响起。

宛如要劈开大地一样，一声巨大的声响传来，律子被吓了一跳，登时感觉脑子里仿佛有电流涌过。

在那一瞬间，她突然灵光一闪，脑海中浮现出一种假说。

“难道说……”

一边警惕着双手持刀的树季，一边将手机灯光照向室内。律子发现房间一隅有一个拱起的物体，上面盖着一块布，像是被不由自主地吸引过去一样，律子朝那边走去。

抓起上面的布，掀开。

下面是缩成一团的町子的尸体。

律子一下子全都明白了。

杀死町子的人是自己，美久为了不让自己变成杀人犯，打算偷偷处理掉尸体，而树季是美久找来的帮手。

这就是周五美久没有去学校，以及浑身湿透的原因。

树季仍然在发抖，把刀朝着律子的方向。

美久大概和树季说是自己杀了町子吧，所以树季才会为了保护美久，打算一个人处理尸体。

“树季，把刀放下吧。”

树季的眼神依旧充满恐惧，还是不肯放下刀。

“你搞错了，杀死这个女人的不是美久。”

“啊？”

“杀死她的人是我，这个人是我的母亲，也就是美久的外婆。是我杀了她，因为我用手机打了她的头部，美久一定对树季说是自己杀的吧。”

“……”

“美久只是在保护我，所以把刀放下吧。”

律子缓缓地靠近树季，伸出手，抓住刀柄，树季没有反抗，把刀交给了律子。

律子把刀放在地上。

“是美久找树季来帮忙的吧……你一定很害怕吧，对不起。”

律子抱住树季。

树季还没有律子高，他的身体异常冰冷，因为寒冷和恐惧，在轻微发抖。律子重新意识到他还是个上中学二年级的孩子。

“已经没事了，接下来的事就交给我吧。”

律子松开树季。

她用手机的光照亮室内，看到旁边放着一辆像是附近超市的购物车，篮子里还有一把沾满了泥土的铁锹。

“你们是用这辆购物车把尸体运到这里的吧？”

树季点了点头。

“这把铁锹是谁的？”

“是这间小木屋本来就有的。”树季回答道。

看来两人是打算用这把铁锹挖坑埋了尸体。

“我知道了，树季，你听好了，这件事跟你和美久没关系，之后不管是谁问起，你都要这样回答。是我偷了超市的购物车，将尸体运到了这里，明白了吗？”

树季看着律子的眼睛，并不作声。

“树季，振作一点，这件事必须由我自己来解决，和你们没有关系。周五那天，你和美久没有去学校，只是去玩了，你也要这样告诉美久，好吗？”

律子取出钱包，将美久所在的医院的收据拿出来，然后又拿出三张一万日元的纸币，交给树季。

“美久在这家医院，拜托你了，树季，请陪在美久的身边。还有，你自己也要照顾好自己，知道了吗？”

树季露出一脸担心的表情看着律子。

“我没事的，你去吧。”

“可是……”

“对不起，树季，我那时骂你是禽兽，谢谢你站在美久这边。”

树季好像很迷茫似的站着不动。

“快去吧，你带伞了吗？”

“没有。”

“我的伞就立在外面，你拿去用吧。”

律子推着树季的后背，让他出了小木屋。

雨还在下。

“美久就拜托你了。”

树季原本还在迷茫，不过下一秒好像听懂了似的点点头，他打开律子的伞，朝律子低了低头，然后跑走了。

律子坐在小屋的地板上。

外面仍在下雨，一阵猛烈的暴雨过后，现在又变成了淅淅沥沥的小雨。

天渐渐亮起来。

律子就这样在小木屋度过了一夜，在黑暗中，只凭借手机的灯光。

她看着町子蜷缩起来的尸体。

内心不断诅咒着自己的命运，为什么是这种女人的孩子？

而在这场与命运的较量中，是她输了。

对于误杀町子，律子虽然内心也很恐慌和不安，但她更痛恨自己没能战胜命运，没能跨越上天给予自己的考验。

可是，怎么做才能获胜呢?

或许,从她对周围人隐瞒自己是杀人犯的女儿开始,她就注定会输。

对于自己身边亲近的人，叶惠、幸次，还有美久，她应该坦白一切的。即使会因此产生问题，她也应该勇敢面对，而不是逃避。

隐瞒也就意味着逃避。

只要逃避一次，之后每逢发生什么，她就会下意识地逃避，逃避，再逃避。到最后逃不过去了，就是这个结局。

伴随着黎明的到来，雨也停了。

小木屋中放着的购物车和铁锹上沾满了泥土，律子出了小木屋，在周围走了走，便发现了几处两人挖过坑的痕迹，大概是土壤太硬，无法继续挖下去吧。

多亏暴雨的关系，两人的足迹消失得无影无踪。律子用力将树季拿来的工具丢进河里。

再次回到小木屋，她蹲下身子。

怎么也没想到，美久竟然会为了自己做这种事。

孩子做出的事有时还真的会令人大吃一惊。

明明在不久前，她还是个小学生。

律子回忆起美久那时的表情。

“就是，刚刚有个奇怪的阿姨……”

“欸？”

“大概七点左右，我回来的时候，有个奇怪的阿姨从家里出来，我刚好要进门，然后我们就撞到一起了。”

“然……然后呢？”

“她一把推开我，叫我让开。”

“……”

“然后还说‘给我记住，我还会回来的’，表情很可怕，还说‘就这样告诉你母亲’。”

“之后呢？”

“就这样，然后她就坐电梯走了。不过，感觉她好像头很痛的样子，因为她一直用手这样子捂着头。”

没想到那都是美久演出来的，律子竟然丝毫没有察觉。

她有点心痛。

那个时候，美久已经做好了处理尸体的心理准备，感觉她很镇定，演技简直堪比奥斯卡女演员。

“完全被美久那个家伙骗了呢。”

律子不由得笑出来。

“小孩子的思维，有时候连大人都很吃惊，突然之间就会长大。”

律子自言自语道。

“那接下来要怎么办呢。”

尸体还没有被人发现，现在掩盖罪行也不是不可能。

不过，还是自首吧，律子心想。

我已经输了，输了就要承认。

大概会判伤害致死罪吧，刚才检查了町子的衣服，那个录音笔还原样放在口袋里，这个应该可以成为证据。

不知道会获刑多久。

这一切都是自己做的，是自己为了掩埋尸体，将其运到这里，但后来又改变主意，所以自首了。

在去警局之前，她必须想好说辞。

自己的事怎样都无所谓，她唯一记挂的就是美久。

她知道，她要保护美久。是她让美久和自己一样，变成了杀人犯的女儿。今后美久在学校，以及其他的地方会受到怎样的对待，自己再清楚不过。

一想到这里，律子就心痛不已。

美久应该会跟着幸次去名古屋生活吧，这样的话她和树季也不得不分开了。

不过，相信美久肯定没问题，因为她比我坚强多了。

其实我很软弱，为了让自己看起来强大一点，才一直虚张声势，固执己见，为此给叶惠还有幸次也添了麻烦。

但是，美久一定没有问题。

虽然我输了，但那个孩子一定会赢。

而且，她周围还有很多会帮助她的人，有幸次和寿，还有叶惠，以及树季。

大家的面容浮现在脑海中。

律子感觉很对不起大家，自己明明总是一副自以为了不起的样子，可如今却落得这个下场，只能仰仗大家的帮助。

不对，其实一直以来大家也帮了她很多，只是她没有在意罢了。她不仅没有表达感谢，还反过来心生怨恨，陷入被害妄想。现在回过头来一想，要是她能从一开始就对叶惠和幸次毫无隐瞒地说出事实的话，很多事或许会不一样。

律子叹了口气。

“都是因为你，我的人生全部泡汤了。”她对着尸体说道。

她努力至今积累起来的东西将全部清零。

律子想，她和这个母亲大概只能发展为这样的结局。

这样想着，她感觉肩头的担子一下子卸了下来，浑身轻松，有种胜负已定的畅快感，以及今后再也不用被这个女人折磨的解脱感。

突然回到了中学那天时的感觉，就是这个女人被警察抓走，从自己面前消失的那天。

“你的人生究竟算什么？”

对律子而言，町子就是个彻头彻尾的瘟神，别无其他。

“你这种人没有生下来就好了，那样的话也就不会有我，我也就不必感受这份痛苦了。”

很快愤怒随之消失了，忽然间，内心感觉一丝愉悦。

她真的很高兴，因为美久是为了自己才那么拼命。

她第一次有种美久认可了她这个母亲的感觉，此刻她体会到，和美久达成了相互理解。

从生下美久时感受到的疼痛，到之后发生的很多事不断闪现在律子的脑海中，有快乐的，也有悲伤的。

但是，即便父母可以为了孩子而牺牲，可孩子为了父母牺牲这种事绝不可以发生。

“我果然是个不称职的母亲。”

作为母亲她感到非常羞愧，分明是自己应该保护孩子，结果反倒被孩子保护了。

朝阳已经升上地平线。

“出发吧。”律子发出声音，鼓舞自己。

到警局之后要怎么说她都想好了。

现在最担心的就是川澄。

川澄和町子应该是同伙，她去警局自首的同时，也要将二人威胁自己的事说出来，让警察逮捕川澄。要是让那个男人逍遥法外的话，还不知道他会祸害多少人。

如果是现在的话，川澄应该还没有防备，她得尽快去自首，这样警察才能早些捉住川澄。

律子最后环顾了一下小木屋。

然后走出小屋，步行到停在附近自己的车旁，拿出钥匙，坐上驾驶席，发动引擎。

她打开仪表板的储物盒，取出一张CD，那是《面包超人》[1]的CD。美久上幼儿园的时候，两人出门时，她总会放这首曲子，只要旋律一响起，美久就会很开心，也跟着大声唱起来。

已经好久没听过了，脑海中似乎回荡起美久儿时稚嫩的歌声。

律子径直开往警局。

尽管她也想过先和寿还有幸次联系一下，可即使联系了，现在的她也没有信心能够解释清楚。

去警局自首之后，请警察帮忙联系就好，待过一段时间，平静一点之后，就写信给他们吧。

美久现在还在医院，但树季陪在她身边，应该没有问题。

律子开着车，因为还是清晨，道路上车辆不是很多，她很快就到达了警局。自己进去之后应该有段时间无法出来，她想了想有没有需要做准备的事，可什么也想不起来。

若非要说的话，那就是她想最后见美久一面，想紧紧抱住她，可她又觉得现在的自己没有这个资格。

将车停在警局的停车场，关闭引擎后下车。

她走向警局的入口，脚步有些不稳。

刚下完雨的路面上，到处都是坑坑洼洼的小水坑。暴风雨过后的早晨，朝阳耀眼无比，乌云已消散殆尽。

1　《面包超人》：日本经典动画的代表作之一，1988年开始放送，受到儿童的广泛喜爱，创造了“登场人物最多的动画片系列”的吉尼斯世界纪录。——译者注

真是一个漫长的夜晚。

律子感觉进那个小木屋之前和出来之后的自己，好像变了一个人一样。

就像去了一趟龙宫城[1]回来的感觉，而回来之后，包括自己在内，所有的一切都变了。她知道解开谜题的关键就在百宝箱中，却怎么也打不开。

就像死过一次后又重生了一样。

那天晚上，我身上一定发生了什么，而且是很重大的事。可不知为何，一点也想不起来。

那个时候雷声响起。

她惊了一下回头一看，正好因为闪电的亮光，注意到了站在身后的树季。若是没有那一下，她肯定不会注意到身后有人。那样一来，被突然的闯入者吓到，陷入恐慌的树季很可能会直接拿刀刺向自己。

自己险些让树季变成杀人犯。

多亏那声雷响阻止了这一切的发生，律子在心中对老天表达了感谢。

进去吧，律子摒除恐惧，向警局走去。

走到警局正门处，她不由得停下脚步。

---

1 龙宫城：日本民间故事。传说一名叫浦岛太郎的渔夫，因救了龙宫中的神龟，被带到龙宫，并得到龙王女儿的款待。临别之时，龙女赠送他一百宝箱，告诫不可以打开它，太郎回家后，发现村子完全变了模样，认识的人都不在了。他打开了盒子，盒中喷出的白烟使太郎化为老翁。——译者注

有一瞬间，她甚至有些怀疑自己的眼睛。

阳光下，警局正门处的台阶上，坐着一个美少女。

短发漂亮而有光泽，眼睛犹如天上的星辰一般熠熠生辉。眉毛、鼻子、嘴唇的形状都堪称完美，且比例也无可挑剔。少女身穿方格花纹衬衫，外面套一件长款上衣，下身是浅紫色迷你裙。腰间系着一条细细的皮革腰带，纤细修长的双腿下穿一双黑色的凉鞋。穿着搭配十分有品位，就像是会出现在巴黎时装秀上的模特一样。

少女坐在台阶上，跷着二郎腿专注地看着手机。

为什么一大早，警局门口的台阶上会坐着这样一位美少女呢。律子一边这么想，一边要经过她身边时，少女突然出声道："啊，能稍微等一下吗？"

"欸？"

"因为这边打车有点费工夫。"

"啊？"

少女抬起头来，直视律子。

律子刹那间忘记了呼吸。

这种不可思议的感觉是什么呢，好像蒙娜丽莎这种级别的名画就摆在眼前一样，让人不胜惶恐，止不住颤抖。但与此同时，却有种十分怀念的感觉，像是很久以前死去的亲人出现在梦中一样。

少女说道："昨天的雷声可真大呢。"

"嗯……是啊。"

那个时候，正是那声巨大的雷响让自己注意到了身后的树季。

“听说雷电就落在这附近，而且还因此造成了事故。”

“事故？”

“说是有人被雷击中死了。”

“真的吗？”

“而且那人还是正在被通缉的黑社会，为了确认身份，这座警局里执夜勤的警察都出去了，现在正忙得晕头转向呢。”

“……黑社会。”

“听他们说是个关西出身的黑社会，有过六次诈骗前科，年龄是六十岁。昨天在便利店买完烟和酒，打算返回停车场的途中，突然被雷击中了。警察为了调查死者的身份，搜查了他的车子，结果违法的东西一个接一个地被找出来。警察因此调查了指纹，这才发现原来这人是通缉犯。”

“……”

“真的会发生这种事呢，他一定是遭到了天谴吧。”

律子茫然地张着嘴，呆在那里。

川澄死了？

昨天的那阵雷电就落在河岸附近，川澄当时应该也在那一带。要说到在那附近、出身关西的半老的黑社会，除了川澄别无他人，而且诈骗犯这点也符合。万万没想到，竟然真的会发生这种奇迹一般的事。

“为什么你会知道这些事？”

“这事已经登上网络新闻了，你看。”

少女点了几下手机，将画面给律子看。

画面中是一张被烧焦的车子的照片，新闻标题写着“被雷电击中死亡的男人，疑似是通缉犯”。

少女收起手机，放进口袋，随后从纸袋中拿出一枚曲奇饼干。

“不介意的话请用，这是我母亲烤的曲奇饼干。”

她将纸袋的开口冲着律子的方向。

“那我也尝一个好了。”

律子将手伸进纸袋，取出一枚心形的饼干，放到嘴里。

“哇，真好吃。”

好吃到让人难以置信，明明是烤饼干，却完全没有粗糙的颗粒感，吃起来非常顺滑，不一会儿便融化在口中，香甜味随之扩散开来，甜味当中混杂着些许粒状的苦味，使甜味更加突出。

“真的太好吃了，我还是第一次吃到这么好吃的曲奇饼干。”

“听母亲说她在里面加了黄豆粉和豆渣。”

“你母亲很擅长做料理呢。”

“她是出过几本料理书籍，不过我已经吃腻了，反而更喜欢杯面。”

少女打了一个大大的哈欠，就连这种很散漫的表情也非常美。

“你叫什么名字？”

“沙罗。”

“怎么写？”

“沙罗双树的沙罗。”

“沙罗啊，真是个好名字，感觉很适合你。”

“是啊，这是父母给予我的东西中，我唯一满意的。”

沙罗再次从纸袋中取出一枚饼干吃着。

“沙罗，请好好珍惜你的母亲。”

“嗯？为什么这么说？”

“就是，那个，也不知道为什么，我脑海中好像浮现出了你母亲的面容。”

沙罗轻轻笑了一下，看着她犹如奇迹般的笑容，律子不禁出了神。

“啊，来了来了。”

沙罗说道，然后看向一旁的道路。

只见一辆出租车驶来，停在警局前。后门打开，树季，还有美久从车上下来。

“赶上了。”树季说道。

美久穿着昨天律子拿给她的换洗衣服，外面披着树季的外套，树季则在一旁蜷起身子，看上去很冷。

出租车开走了。

“你们怎么会来？”律子问道。

美久脚步蹒跚地走过来。

“我猜你会来这里。”

看美久的样子就知道她是在睡着的时候被叫醒，急急忙忙赶来的，头发也没有整理，嘴唇泛着紫色。

“傻瓜，怎么不在医院好好休息，你还发着烧。”

“已经退了。”

“要是感冒加重了怎么办？”

“没事的。”

律子将手贴上美久的额头，看样子烧已经退了。

一看到美久的脸，律子的泪水便不由自主地涌上眼眶。

眼泪不停地流下来，怎么也止不住。

她一下子抱住美久，美久两手下垂，没有抵抗，靠在律子的怀里，两人就这样抱了一会儿。

美久的身高比律子低，但是，等到律子再次出来时，美久的身高或许会超过她吧。

“对不起，美久，让你经历这种事。”

美久轻轻地摇了摇头。

“今后也会让你吃很多苦。”

“没事的，因为我很坚强。”

“是啊，你一定没问题，因为你比我坚强多了。”

“嗯。”

“接下来有段时间不能见面了，一定要注意身体，好好吃饭，好好睡觉。我会和你爸爸、寿舅舅，还有叶惠解释清楚的，大家都会帮你的，所以不用担心。”

“嗯。”

“谢谢你，美久，还有树季。是你们给了我勇气，如果没有你们的话，我大概会选择逃避，但是现在我不会再逃了。”

律子松开美久。

美久并没有哭，哭的人只有律子。

身为大人的我哭得稀里哗啦，可美久却很冷静，这个孩子这么坚强，我真是太软弱了。

如此一想，律子突然觉得有些可笑。

她猛地回过头。

可那里已经没有沙罗的身影，就像突然刮过的一阵旋风一样，消失得无影无踪。

是幻影吗，还是奇迹？

自昨天起发生的事，感觉都好像是做梦一样。

律子整理好心情说道：“那我去了，树季，美久就拜托你了。”

“好的。”树季声音坚定地回答道。

“你们什么都不知道，也什么都没有做，杀死那个女人的人是我，将尸体运到小木屋的人也是我，明白了吗？这是我一个人的战斗，不要妨碍我。”

“我知道了。”美久点头道。

“对了，你从我房间中偷走的东西呢？”

“钱在我的钱包里，手表和宝石那些放在树季家里。”

“你这个坏丫头，竟敢把我的毕业证书和设计图稿都撕了。”

“你‘罪有应得’。”

“哈哈。”律子不由得笑了，“不过，还真是佩服你，我就是因为那个上当了。算了，那些钱就当是给你的零花钱吧，还有手表和宝石。不过，里面有一个白色的手表吧，那是我大学毕业时寿舅舅和俊子舅妈给我的毕业礼物，只有那个记得还给我。”

“好。”

“那我去了。”

“妈妈，加油。”美久说道。

“你这么说的话，我又要哭了。”

“拜拜。”

“嗯，那我去了。”

说完，律子转身背向美久。

她们终于能够和普通的母女一样，互相问候道别。

没事的，一定没事的，不论是我，还是这两个孩子。

律子确信。

律子长出一口气，向着警局的台阶，一步又一步，迈出坚定的步伐。

北京市版权局著作合同登记号：图字 01-2022-3775

图书在版编目（CIP）数据

星期五的神隐儿 /（日）木元哉多著；史姣译．--
北京：台海出版社，2023.2
（阎魔堂沙罗的推理奇谭）
ISBN 978-7-5168-3436-7

Ⅰ．①点… Ⅱ．①木… ②史… Ⅲ．①推理小说－日本－现代 Ⅳ．① I313.45

中国版本图书馆 CIP 数据核字 (2022) 第 214045 号

星期五的神隐儿

著　　者：[日] 木元哉多　　译　　者：史　姣

出 版 人：蔡　旭　　封面绘制：Kei Mochizuki
责任编辑：员晓博　　封面设计：MF

出版发行：台海出版社
地　　址：北京市东城区景山东街 20 号　　邮政编码：100009
电　　话：010-64041652（发行、邮购）
传　　真：010-84045799（总编室）
网　　址：www.taimeng.org.cn/thcbs/default.htm
E－mail：thcbs@126.com

经　　销：全国各地新华书店
印　　刷：嘉业印刷（天津）有限公司
本书如有破损、缺页、装订错误，请与本社联系调换

开　　本：880 毫米 ×1230 毫米　　1/32
字　　数：190 千字　　印　　张：8.25
版　　次：2023 年 2 月第 1 版　　印　　次：2023 年 4 月第 1 次印刷
书　　号：ISBN 978-7-5168-3436-7

定　　价：58.00 元